滄海叢刊

黃巢殺人八百萬

宋澤萊 著

1980

東大圖書公司印行

中華民國六十九年四月初版

© 黃巢殺人八百萬

基本定價 壹元伍角

著作者 宋澤萊
發行人 莊剛彰
出版者 東大圖書有限公司
總經銷 三民書局股份有限公司
印刷所 東大圖書有限公司
臺北市重慶南路一段六十一號二樓
郵政劃撥一〇七一七五號

行政院新聞局登記證局版臺業字第〇一九七號

去護衞的。而後是泰戈爾、雨果、托爾斯泰……。

但是，在見及這些偉大的天才及高貴的心靈時，我已漫無目的地在文學路程上走了三年了。不久之後，我將離開大學之門，而投身於繁亂紛雜的社會。

那麼，前三年，我究竟在做什麼呢？如果那時的文學也能算文學，那麼它是什麼一種樣子呢？

細想起來，那時的文學和我的家園有關。

我的父親是個典型的戰亂的一代，在日據時代接受皇民化教育，他是南太平洋戰爭的孑孳，我尚幼的時候，父親是懂音樂而愛演奏竹簫及琴類的人，在漫天棲霞的黃昏或是皎白月光的夜晚，父親奏出那種東洋風的悲情小調時，眞是好聽極了。我在他或者舒愉的或者緊蹙的眉宇中，瞭解他的悲喜，他或者告訴我遙遠的南方戰役，或者告訴我他的遭時不遇，之時，他總揮揮手，說：「眞是悲哀的臺灣青年啊！」有時，飲酒的他竟會悲泣。我無法去洞悉，這些是意指着什麼。我的母親則是瘦黑操勞的女人，在封建的家庭中，她肩負了家務和農事，不會歇息片刻，我也記得她和父親間不愉快的生活，也看到她低垂著犬儒般的臉，把穀子全都交給債主而斷炊無措的情形，她沒有怨言，亦無反抗。我不能明白母親的隱衷。如果天假我以一點點的智慧，在少年時，我便應該明白，父親和母親在告訴我一場血淚的歷史，如若我更富想像力，理當由那些東洋的小建築和等待墾殖的大地，想出自身的命運：我們這批戰後出生的一代，不是背負着整個臺

序

試想自已接觸文學並嘗試創作小說，迄今已有六年了，對於某些秉賦聰慧、敏學好問的人，六年時間，可能給他的進益，一定是難以估計的。但是對於我，却不這樣，就像一棵出生在陰暗角落的植物一樣，在它能獲得陽光和雨水挺拔生長以前，必須受到陰鬱的侵害，果若它便那樣地死去，它便永遠地死去了我常想，有多少的文學青年美麗的靈魂和生命便是那樣地被斷送了。

在漫長的過程中，眞眞正正使我瞭解文學是什麼，乃是我在意外的機緣中去看到芥川龍之介和陳映眞的作品，在芥川的文學裏，它第一次讓我見識到神奇而繽紛的文學型式，並且叫我相信文學是一種苦難中的智慧。陳映眞則啓發了我文字的鍛鍊，同時，對於人類幾近無私的愛心和對文學所做的犧牲，也在他的言行中獲得深切的教誨。他們豈不在告訴我，什麼是文學的藝術，什麼是文學者的覺悟。而後我又見到了莫泊桑和果戈里，前者說出了人類的僞善和女性命運的悲慘，後者狂熱地去懷抱孤苦的小百姓，這二者，說出了什麼是你該指責的，什麼是你該拼出生命島的不幸和受辱，來到這個世界嗎？果若如此，我便知道該想的是什麼，該做的是什麼，但是，事實上，我們的環境吝於給我們智慧和想像力。爾時，年少的我，所能感到的，不過是父親的軟弱和母親的暗澹罷了。但就是那種軟弱和暗澹造成了一種巨大悲慘的形象，動搖我原本健全的生命和明亮的人生觀。

大學時期末了。少年時所培養的巨大悲慘形象，日益脅迫我的心靈。我分明曉得那是在說些什麼。是大學問家所說的二十世紀的不幸嗎？是書本所說的中國的苦難嗎？是宗教家所指示的……他們在告訴我什麼？終於我感到不支了。

如今我想，那時的困頓和我們的教育及思想風潮有關，爾時，學校沒能教導給青年對現實的觀察力，並斷絕了戰前一切臺灣的歷史研究，而怠惰的學者正以西洋的各種頹惰的主義霸佔了整個思想界。我們原可以因臺島的不幸而疾呼之聲都化成對人生虛無的詠嘆。

果然，那時的我，被一種無法排遣的愁悶包圍了，少年時期的憂鬱，小時候殘留的嚴重宿疾，青春期的反抗，思想的無出路，對現實的不滿意……一齊來了，我踏入一種心身難分的疾痛中去了。日益惡化的身心把我帶向深不可測的內在世界中去。於是我所以爲的世界遂一片黑暗而悽慘至極了。

然而，我的無望卻給了我執筆的機會，我嚐試把那些不成熟的、偏執的想法消融在小說中，借着減輕心裏的負擔，便在那種情況下，怠惰的我却能拼命一般地寫出「嬰孩」「紅樓舊事」

「廢園」短、中、長三小說篇。

這便是所謂前三年的「文學」成果。這些作品的黑暗、偏頗、邪惡，至今視之，猶令我心驚，它們也是我當時閱讀深層心理學和社會心理學所生的誤解，也是我的心靈曾誤入歧途的見證。

如今，我有機會多讀文學佳構，在我國、俄國、印度、西歐、各弱小民族的文學聖哲中，發現他們一貫的垂訓，慢慢廓清我的幼稚和無知，他們使我相信文學是人類智慧的結晶，應引導給人類走向美好和幸福，並在這日益偏頗、紛擾、壓制、獨斷的世界中，撥開黑暗，給予光明。

是以，我把自己不成熟的作品再版，無非是做一種懺悔和警惕罷了。

黃巢殺人八百萬 目次

嬰孩

1

埋葬了母親後，我從乾河溝對岸的墳場回來。拖着疲憊的身體，走了那一大段的路程，我覺得很倦，眼皮澀得張不開。我猜想整個眼球一定佈滿血絲，紅紅的，紅得要出血一般；但我沒去照鏡子，僅管房間的左側有一座人高的大鏡——那是母親留下來的。我累極了，渾身乏力，彷彿要虛脫似的，一如風中的蘆葦，搖曳而不能自主。

唉！唉！我勝利了！我終於如願了自己一向的詛咒！淚光閃爍的另一面，我的心不斷悸動的歡呼着。這不是我一直冀求的結果？我要母親死！她死，我才能自由。我不要看見她那雙吃人的眼睛，一睨住我，就像老鷹盯住了瘦小的白兎，即使她不在我身邊，我依然會瞿然的驚見，她那暴漲的身影緊追著我蒼白的軀體，現在她死了，死得太好了，我擺脫了可怕的桎梏，使我能以天賦的權利，自由的去面對陽光底下的任何事物。然而，我又多矛盾：

落葬時，一輪火紅的夕陽靜止地停掛在西邊，它的餘暉挾帶着某種不確定的陰謀投射過來，金黃色的陽光使得每個人的顏面蒙上一層迷離，埋棺者無神而慵懶，他們舉動着圓鍬又緩慢的放下，泥土一鍬鍬的落入墓穴，一舉一落，迂緩得像一千年。那些機械似的動作以強迫的方式，擠進了我的眼眶，鑽入了我的腦袋，我覺得所有的泥土湧向我空洞的腦殼，一次接一次，堆積又堆積，埋去了我的髮，我的頭，我的頸，我的肩……影子，影子，我移動了自已漲高而平面的影子，讓它落入墓穴，落在棺蓋，灰色的泥土，綠冽的草皮，將他們一齊埋葬，一齊掩蓋……

我不能很清楚的明瞭那舉動背後所潛藏的動機，不過我約略的懂得；母親死了，那個嬰孩也活不成了。

即使現在二十歲了——是個足以辨別神話和事實的年紀，而我仍然堅信祖父在我六歲時所說的每一句話。我的祖父是個大好人，農家的生活使得他具有一副強健的體魄，可以用來應付大自然所帶來的任何不快。小時候，他常拉著我的手，打開矮茅屋的窗子，以老人應有的低沉而沙啞的聲音，告訴我每個星星，每棵花草，每隻飛禽走獸的故事。他的鬍子長而柔和，黑白相間，談起話來飄飄蕩蕩，雕盾似的大額頭密密麻麻的佈滿滄桑的深皺紋，他一坐在檀木的靠椅上，就如同一個蹲在古世紀海角的老神仙。我常把那些神奇的傳說和他連結在一起，以致於把他的故事當成他的自述，一段段的傳奇就以毫無異議的眞實，合理的進入我的心靈宇宙。然而，一切的故事總比不上我的往事更令我興奮。幼年時的我就有一種強烈的自我意識，只要談到我的事情，我就會迫不及待的催着對方告訴我，儘管他們的話並不盡合我意。這種習慣一直維持到現在，仍未有絲毫的改變，因爲我始終相信自己的東西對自己才有意義，我的腦袋很少裝過別人的影像。

祖父所告訴我的幼年故事最令我難忘，他那充滿神秘色調的話語，就像五彩繽紛的顏色，在我往事上塗了一層層的色彩，黑的、紅的、黃的……不盡的故事陡然間在記憶的深處活躍起來，它們以各種錯雜的形像膠着在我的腦子裏，抹也抹不掉。最是我的出生故事，它早已成爲我生命的一部份，正在無限的擴展和延伸。

剛出生，我就註定要在坎坷的命運道上奔走。我的身體因爲早產，重量不夠，一開始便選擇了瘦小和蒼白。約二十天後，我才勉強的能睜開眼睛和哭泣。而在這黑暗子宮延續的半個多月後，我又歷經了一種神奇的生死掙扎。我的呼吸停了，家裏的人以爲我再也活不成了。他們將我放在乾河溝對岸的墳場裏，準備草草埋葬這個早殤的嬰兒，不料在一個夕陽西斜的黃昏，我又活了過來。

六歲時，祖父總是特別喜歡談起這件事，像對於身前這個半死不活的小孩發生了極強烈的神秘氣息，竟至連他那種歷盡滄桑的人也尋不著最終的原因。致使我也爲自己的生命奇異起來。一天我總要到這窗口眺望幾次，眺望那條乾河溝，眺望這座躺在遠方的墳場，眺望那輪通紅的夕陽，眺望無可瞭解、無可觸及的神秘空間。最初的探險是漫無頭緒的，好像行走在無盡的蒼茫雲霧裏。終於我蓄意的發現了這個答案。我巧妙的根據祖父的神話，把自己描繪成一具透明的嬰屍，它必須依賴某種外來的生命原素才能生存。就如同祖父口述中借屍還魂的逆轉，與僵屍復仇相類似的原理。本來我只爲了好玩，如此的循着神話的模式去發展自己的生存哲學，後來祖父死了，這假設竟固着在我的腦中，我竟然不能不去肯定它。這當然是荒謬無稽的想法，任何有清醒頭腦的人都會以堅定的口吻，矢口否認這種童騃的幻想，但是唯有如此才能解釋何以我能起死回生的原因。何況某些不合情理的事對某些人更具有意義。尤其對於出生，每個人不都冀求有那麼一種不可解？最令我不能罷手的是：唯有我認爲這是眞的，我才能永無疑慮的活着，如果我稍微的承認這是假的，我的生命便會引起動搖，基於一種動物求生的本能，我的內心野獸幫我選定了前者。

這種觀念最初只是心理性的假設而已，而我所以能順利的去承認它，當然還須借諸具體可見的事實，在事實的塑造下，使我能不斷的去修正它，終至形成我所喜好的一種模式，並且心甘情願的屈服在這個假設的事實或事實的假設裏：

對於自己的肉體，我一向以鄙夷的眼光看著它，它總以醜惡的姿態在我的腦海中出現，一副皮包骨的身子，沒有任何地方能找到一塊美好的肌肉，削瘦的臉龐活像陰慘慘的天空，細小的雙腿隨時都會有折斷的可能。還有天生過白的皮膚，白得有點異常，沒有絲毫的血色，使得原本瘦小的身子更加的醜陋，遠遠的望去就像一層透明的塑膠布蓋住一堆嶙峋的骨頭。我恥於這種可悲的外貌，生怕看見這副不太像人的影像，因此我很少照鏡子。然而有時不免會無意的撞見它，例如你打從街上的橱窗經過，你很難擔保能完全的避開自己的身影，結果為了免除心靈的痛楚，我仍以幻像來壓制眞實，一瞧見影像，我便開始想到那具美好的嬰屍，然後把突然撞進的影子緩緩逼出，最初頗感困難，但經過數次後，便順利的過關了。具體的說，我拋開了現實的世界，潛入了虛幻的宇宙中。這本不是很難做的事，然而在同時，我却遭遇到一個頑強的敵人，它時時刻刻都在打擊我所進行的地下工作，祇要我不小心觸及它，便會造成整個陰謀的崩潰，這傢伙就是我的肚臍疝氣。幼年我命定的擁抱了它。它以一種傲岸，不發一語的長在我的肚子上，吃過了飯，它便蠻横的漲大。

小時候，我注視着別人的身體，發現他們缺乏這東西，一度我感到無比的驕傲，我常把它當成寶物一般的玩弄。當大夥兒脫掉衣褲在馬路上玩耍時，由於我體弱力小，不能引起他們的注意，有幾個身強力壯的傢伙總以絕對的優勢搶盡了鋒頭。對於被奚落的滋味，任何人都不願品嚐的，這時我便會毫不猶豫的把它顯示出來，他們一下子都驚呆了。做夢都不會想到，在這羣毛頭小子中，竟有人會擁有這種光榮的奢侈品。他們拋開了自己應當的傾注，而朝我奔來。我以神秘的姿態欲擒故縱的把它放回懷抱。並宣稱唯有和我最要好的朋友，才能分享這無上的榮耀。我以這種手段維持了一段舉足輕重的地位。隨着歲月的流轉，我明白了身體畸形的悲哀，在一次爭吵中，一位同伴以少年特有的無知。幾乎一口咬去了這東西，以後我將它視為徹底恥辱的標誌。

一個人總會如此，面對著一大堆龐雜的事物，他總想納入單一而且簡明的秩序中；看見一個漂亮的女人，終會把所有的優點集中於某一定點上，以固定的一點來象徵那種難以形容。同理，我旣然肯定自己身軀的醜陋，加以用幻想將這些分佈四方的髒水漬驅逐，很自然的使它們毫無困難的聚集到這塊窪地上，我的肚臍理所當然的接納了一切的劣點，觸動它就觸動了全部。爲了對付這個肆無忌憚的傢伙，我動手修正了心中的嬰孩。

我說過，嬰孩須仰賴外來的生命能量。而這肚臍疝氣恰好是一個口腔，一個食道，它以不同凡響的傲氣，永不妥協的漲大下去，它是有充分而且正當的理由，因爲它必須使嬰孩活下去。我以這種合乎情理的推想，剷除了心理和生理的負擔，以後我雖然不敢光天化日下將它暴露出來，但在夜晚時卻故意的讓它向外吐露，那是我的自擇方式，不計一切後果的，縱使是感冒或鬧肚子痛。

其次便是我家外面那條乾河溝的龐大事實。枯竭的水源使這條大河完全呈現自身的缺點，龜裂的怪石牽強的躺在河床上，一顆顆像乾枯的頭顱，仰首注視着天空的雲層，我很能體會出它那乾急的心情，長期的煎熬迫使它像一具龐大的屍體，旣焦急又無奈，我不喜歡這條河。滑稽的人們却加給它違背眞相的名稱，一概稱它爲潺溪，還刻了個碑石立在河畔上，意思是流水不斷，一想到這可憐的稱呼，我總要慘然的大笑幾聲，像我這麼醜惡的人都不須要裝假了，爲什麼一條河流也喜歡自我隱瞞？其實它根本就是一條「孱」溪。倒有一種情況使我爲它懸念不已，那就是在夏季暴風雨來臨的時刻。七月的天空時常是佈滿着層層的慍怒，鬱得叫人透不過氣，這條河便忿怒激盪，洶湧的浪濤以壓倒山嶽的聲勢從發源處咆哮而來。龐大的身軀跟着龍旋虎躍，它以過剩的體力將濁水送過岸上，衝垮堤防，淹沒一切，這時我總興奮得無以言狀，眞想投入它的胸懷與它合而爲一。總之，幼年的我是無法想像，爲什麼這具屍體能突然間恢復了它的生命力？它不是與對岸的墳場一致嗎？我只知道這是事實，無可否認的事實！

像我這種做事一向有始無終的人，縱使有了心理的假設與自然的事實，但應該是沒有任何的理由使我一直去堅持它，你要知道，我是沒有任何能力的，凡是涉及我本身的事都會形成無形的壓力，卽使是沒有壓力，僅僅是歲月的流轉，我也會放棄它，這是我埋伏在血液裏的毒素，但另一件陰謀却將它壓縮進我的生命裏，在有生之年變成一種沉甸的包袱。

二次大戰後的第七年，我降生在這個世界上。戰亂的洗禮迫使整個社會陷入困頓的狀態，戰役中的征夫從遙遠的地方歷經風險後，回到這個現實的環境，再度去承擔另一種迫害。

我的父親從二年的叢林逃亡中，回到了觸目悲涼的故鄉，他喪失了一生中最重要的東西——他青梅竹馬的戀人在征戰期間嫁給了別人，那是一種最痛苦最悲哀的淚之脅迫，在淒然中他迎娶了我的母親——弱小而神經質的新娘。

一生中我都難以再見到父親那種實質與外貌不相調合的人，他高大、黑髮，繼承我祖父身體上的一切優點，十足的像個男人，然而老天却開他一個荒唐的大玩笑，賜給他一副懦弱的性格。

他擁有任何人都不及的徬徨，我有點想不通，以他那種沒有任何決斷力的個性，何以能無恙的逃脫戰魔的惡爪？他好像永遠都站不穩似的，沒有主見，沒有責任，只要面臨兩種不同的抉擇，他便盲亂得像頭羔羊，最後的選擇總是壞的一方。唯一令他執着不移的便是那永恒的懸念——那女子破碎的圖像。我很懷疑，我天生這副老驢的性格，大概半數是由父親的身上遺傳過來的。

他一迎娶了我的母親便造成一幕悲劇。像我父親那種人是不宜娶妻生子的。他的沉溺性具有驚人的深度，自我迷戀和虛榮心使他進入另一種異態的生活。他一直不肯承認情人背叛的原因，半數該由他負責，因爲任何人都可以一眼瞧出，類似他那種人是只能當情人而不能當良人的。他以合理化的藉口否認了自身的一切缺點，然後堅信那是環境所導發的不幸，並相信終有一天，那位青梅戀人將重歸自己的懷抱。

每個人都有白癡的一面，原因就是每人對於事物都有所執着，並且爲那件事製造種種執着的理由。最後他完全被固定在那點上，便造成某方面的死亡。我父親是最典型的例子，他對於舊情人的懸念太深了，致使他把所有的力量都花費在回憶的世界裏，喪失了應有的愛。對於他的妻子而言，他不過是一具蒼白的行屍。而當我被生下後，他仍目不轉睛的在尋找那已經淡去的影子。

父親在一家公司裏服務，捨農就商，由體力的勞動轉入思維的世界，使他更有機會去思及從前的際遇。他很少對我留意過，眼底可能極少泛動過我的影子。但當我長大後並不恨他，我很能原諒他這種不慈不愛的行爲，一個集中力量都對付不了自己的人，他那來剩餘的精神去關懷別人？也許我是他最重的擔子，必須將我放棄，才能得到全然的解脫。我不能怪他，本來嘛！我跟他都是驢子。幼年我便在這種冷淡的氣氛下，度過漫漫的人生。

七歲那年，祖父無疾而終，我產生極大的惶恐，生命就像突然的喪失地心引力，一下子飄向天空，兩手抓不住任何的東西。我是不容易獨立的人，沉溺性造成我各種習慣的養成。我的一舉一動都必須循着旣定的秩序，一旦我脫離了已舖設好的軌道，便會喪失我心理的平衡，終至造成整個生命的動搖。

以後的歲月，父親更加的盲亂了。他似乎有意要促成家庭的破裂，狂暴的酗酒及無限的詛咒埋喪他年輕的朱顏。而每當母親心情惡劣時，她便一把的抱住我，尤其在夜晚裏摟緊了我，哭倒在悲哀的床上。我從她散落在我額頭的髮隙，窺見母親半邊紫青的臉龐，她的眸光燃紅而青冽，在夜間以刺穿性的犀利盯住了我，她瘋狂的抱住我，渾身不停的打顫，一直扑打我瘦小的身體，張開她那顫動的嘴唇，將我啃得青紫纍纍，我本能的想掙扎，但她的雙手以超越的力量箍住我，竟使我喪失了反抗的可能。漫長的夜裏，母親一直抱着我睡，她那凌厲的眼光卽使在夢中也會出現。無奈中，我又以慣常的技倆躲過被虐的痛苦。

我又搬出了塑造多年的嬰孩，將它放入母親的懷抱，以那一截多餘的臍帶和她連結在一起。我看過出生的嬰兒，知道他們都有一段長長的臍帶，沒有了它，便說明它已獨立在母體之外。而我的肚臍却是不甘退縮下去，所以正好拿它來支持假設的可能性，母親屬於我，我屬於母親，我們是一而二，二而一，我的生命能量就是從母親那裏獲得的。很自然的，母親對我的虐待，我竟能獲得某種快感。每當我被抱住時，就想到夕陽下不斷提昇的那具嬰屍，以及那突然氾濫的乾河溝，我的心底不住的吶喊著：我活了！我活了！

當我十五歲時，父親那邊開始產生了變化。他的目光變得鮮豔而有神。他失落的東西有了着落，原來他找到了舊情人的代替品——一個十六歲早熟而美麗的女郎，蓓蕾初放的年齡。這將是一齣齷齪的悲劇。而父親以他無比的儒弱陷入了自造的陷穽。那女子是孤兒，和他的祖母相依為命。那老婆子是個歇斯底里的婦人，為了追尋她那戰死的兒子，時常在大街小巷叫喚着他兒子的名字。

而幾乎是同時，母親的生命已將油盡燈枯，她正照着我意識裏另一面的祈求，逐漸的走向死亡。

2

今天，我起得特別的晚，朝陽已經爬過母親手植的芒菓樹，陽光從窗口跨躍進來，把牆壁上一幀幀的嬰孩圖片鍍上一層金黃，睡眼惺忪間，我彷彿見到那些嬰孩被罩住一種枷鎖，隔了一段距離望去，覺得他們正在不停的掙扎。

我在學校裏向林良秀說過，那些嬰孩快死掉了，如果他還喜歡，我可以不索任何代價的奉送。良秀迷惑的望着我，表示對我的話不明所以。當時我也懶得開口，沒有解釋地就跑回家。不過我的圖片玲瓏繽紛，具有無比的吸引力，良秀也許眞的會來拿，何況他也有收藏採集的習慣。我眞想再睡一會，手脚實在酸得移不開，我將兩脚擱在書桌上，緊靠在床上的脊骨酸痛得都要散開了。我從枕頭底下拿出一册的圖片，它們就要離開了，能再見到最後的一面總是好的。有一張是我從一本畫簿剪下的，它就是令我感動的米開朗基羅的作品——布魯格聖母瑪利亞像。在一般的評論和解說裏，總認爲這是一副嚴肅而沉重的雕像，但一落入我的眼中，它便形成了另一種歧變。由於這裏的小孩是耶穌，令我容易的把他當成獨立的小孩看，他以毫不猶豫的姿態想擺脫瑪利亞的懷抱，去開拓自己，完成獨立的人格，他不須依賴母親的任何施捨，正從母親的身子走出來，僅管他們的神色凝重，但母親的手再也携不住兒子。我頑固的把這尊雕像看成擺脫母戀的象徵。我違背了米開朗基羅，我違背了任何欣賞畫像的人，我根本不懂藝術！啊！老天，請別這麼說，我是不得已的。

在每張的圖畫上，我以心理的方式幾乎删改了全部的原意，我以自我爲中心，其他都遠離了我考慮的範圍。我擁有這許多圖片，常常拿着他們以痛苦的眼光愉悅的看着，把所有的心思放入另一種世界裏。這是初中時我一直擁有的習慣，是唯一我能獲得快樂的方式。在學校裏，當那羣小子耽溺於性秘密的探求，而汲汲埋首於春宮照片和黃色小說時，我對那些令人血氣沸騰的異物，竟喪失了應有的興緻。他們和我的嬰孩在我心靈的夜間裏，正從事着某種熱烈的冷戰：

從小，由於對自己的身體畸形過份的傾注，使我對各部的機能發生強烈的懷疑。我以超過一般少年應有的好奇心，極力去追查肢體的隱密，並且迫不及待的去實驗它。就像檢視一件物品的零件，我將自己的身子來回的翻找，並且註明他們的耐用度及損害度。當然其中的意含，無非是確定自己的正常。

對於肚臍疝氣的專注，使我連帶的想到與它類似的東西，一些乖張的少年總故意將它和生殖器相比，並對我可悲的優點表示幸災的同情，其實他們的心理大都是豔羨多於憐憫，他們不過是故意隱藏那種有損少年優越感的心情，而以訕笑的方式去散發心中的積鬱罷了。然而，儘管我清楚這一點，並且可依次的列舉兩者之間的不同，但當我面對着他們的嘲弄時，我竟不能提出豪氣的抗議，我只囁囁嚅嚅的說：「唉呀！是啦，天生的我有什麼辦法？」我紅着臉說着，從不生氣，好像我是贖罪的苦行僧，默默的承擔起命定要被凌辱的痛苦。我只將它隱匿在胸中，以行動負氣的從事自我控訴：

誰說身體早熟的人才能優先的了解性的樂趣？像我這種人，雖然不能和他們一樣的負荷得了那類的自我殘害，但我懂得手淫的年齡並不比他們晚。我身體弱却喜歡它，因爲我多少能從那舉動中，發現我仍然正常，和一般的人具有相等的能量，我能和別人站在共同的線上做一樣的事。僅就爲了獲得這種心理的補償，幼年時的我便膠着在這種耗損體力的工作上。

然而，我的心理和生理是無法妥協的。有些性心理學的書總認爲手淫對身體是無害的。在他們的說法裏總想能手淫的人必定具有手淫的資本，好像是說做這件工作的人，身體是頗堪摧殘的。這種理論無法與我的事實一致。它只能給我的手淫習慣提供假設的安慰。我發覺這件事使我身體更加的敗壞。但我不能停止它，我說過，沉溺性是我家父子的獨傳，那種歡愉令我不能罷手，每當我從沉醉的狀態中醒來，搖搖昏蕩蕩的腦袋，我確實產生很大的後悔，但不到多久，又陷入了那個泥沼。我想在我懂事以後，能原諒父親的沉溺性，多少與自己的體驗有關。

這種往返於逸樂和懺悔線上的掙扎，也許每個人都有過此種經驗，尤其是不堪支出的青年人，不也有痛心疾首的感覺？而在這線下，一種更爲深層的心底裏，這種感覺產生了更大的醱酵，並且蛻變成另一種形態：

我所幻想的嬰孩是極端漂亮的，就像水晶一般潔淨的身子，不容許有任何的沾污，一旦滴上污穢，它便會在我的心中溶化成一灘污水。而我所做的事偏偏與此相違，一看到自己弄亂後的狼狽像，我便覺得正從事一件違背自己的事。同時我的身體並不能承受這種打擊，我看見自己一天天的乾枯，一天天的消瘦，我彷彿看見自己沉入更陰濕、更齷齪、更卑下的地獄，我噁心！我罪惡！

愚昧的行走在心理衝突的經緯裏，最後我產生了二種連自己都控制不了的反應：①焦慮②罪惡。每當同學把那一張張、各式各様、紅綠相間的圖片拿到我面前，並企圖向我做惡意的挑逗時，我總是嫌惡的將它推開，那是一種揶揄而不是一種遊樂。何況那些男女裸體糾纏在一起，而總是男人勝利（至少是平等）的照片，在我的心中是不可思議的，與我的經驗全然的背離。難道那些人不明白：在女人的懷中，男人是沒有任何主動的可能的？……

門被打開了，林良秀走進來，我勉強的向他打個招呼，身子仍軟綿綿的躺在床上。

「幹嘛一大早就無精打采？」

「昨晚沒睡好。」我張開又苦又澀的嘴巴說着。

陽光猛烈的撲到我的身上，好像熱燙燙的棉被向我壓來，渾身熱得厲害，乏力的感覺使得全身都要融化了，我示意良秀放下百葉窗，告訴他要開水自己來。

他挨到我的身邊坐下，安慰我不要為媽的去世難過，已經半個多月了，再悲傷也只對身體有害無益。奇怪得很，為什麼每個人都認為喪母是一件可悲的事？我眞想告訴他，是我要媽死的，但沒說出來，我怕他不了解。

像水獺一般的，我滾動身子從床沿滑落地面，勉強的站起身子，喝了一口昨晚泡的濃茶，濃馥的茶味沖得我腦海一片混沌，整個頭都要爆裂了，陣陣的刺痛襲擊過來。我費了九牛二虎的力量，才收齊了掛在牆上的圖畫，把一大疊的圖片交給他。並希望他能好好的照顧這些嬰孩，良秀不懂我說的，他莫名其妙的把圖畫收去了。

一直到遞圖片給他時，我才睜開眼睛發現他穿得整齊漂亮，而我又突然想起今天是禮拜日，一定有什麼事。

「想找施老師去，我的公共關係月刊還沒擬訂計劃哩，你跟我一道去好嗎？」

我們都在彰道工商唸書，是同班的同學。初中畢業後，我沒有多大的雄心壯志，也不敢遠離家庭，草率的就考上這家五年制的專科，唸的是公共關係。像我這種缺乏獨立性的人，不但口才低劣，而且沒有辦事的頭腦，照說是不該唸這種十分活用的科目，走上這一道無異是走入死巷。但我不在乎，我始終相信自己的命運一定不會有太大的好轉，能唸下去就唸下去，混一天就算一天。良秀是班上最用功的同學，也是我的摯友，他肯負責任，肯吃苦，又能提出辦法，月刊就由他主辦，我只是幫他的忙。

洗過臉，吃過早餐，疲乏的感覺稍微減低。學校就在附近，於是我們走出了雨後新村，徒步在故都大道上。這是一條寬闊的柏油路，新舖下的柏油耐不住陽光的煎熬，晒得路面水油油的，活像要流動了起來。幾輛大卡車在道路上迂緩的逡巡着，緩慢而沉重，急瀉的背影像千斤的重擔拖住了車身。低沉的車聲傳來，就像一條蠕動的蟲子，爬進了耳朶，直叫我渾身不對勁。良秀很氣派的走着，專心於想做的事，我想他是最健全的人了，全身都充滿了活力，但有一點令我不能原諒他的就是，他談話時常常提到「媽媽」兩個字。

這雨後新村是最近開闢的住宅區，由於市內過份的擁擠，人們都搬到這裏來，原本是農鄉的地方頃刻就變成新市區，而我家的水田也賣給別人家蓋房子，父親就在這裏買下一間樓房住下來。人羣繼續的蜂湧而到，街道兩旁的生意人家逐漸的多起來，以前住在隔壁的李大媽也變成了雜貨店的老板，整天忙不迭的賣着東西。我無精打采的穿過她店鋪的簷下，她看見我們，打個招呼，良秀親切的叫她李大媽，笑得她露出滿口鑲金的大牙齒，直合不攏來。我很累，沒心去管她，拖着步子，沉甸甸的從她身旁捱過。背後傳來她的嘆息聲：唉！這可憐的孩子，喪了媽，人也變了，變得比從前更瘦了。

故都大道上來來往往的都是爲生活奔命的人。他們蠕動着軟弱的身子，抬着一張張浮腫的臉，向茫茫的前途挺進，沒有神采的雙眼僵住在無可探索的遠方。我感到做爲人類的悲哀。

敎公關概論的施老師就住在故都大道的另一端，我不曉得他的公寓是買的還是租下來的，不過他搬到這麼寂靜的地方來，一定有很大的理由。

良秀走在前頭，按了電鈴，開門的果然是施老師，良秀問他爲什麼不利用假日到外邊走走。「唉！我得留在家裏看母親，打從接任你們的課以來，我便爲這件事操心，唉！」施老師邊走邊嘆氣：「她患的是心臟病，有時候我眞替她躭心，一走到外面便忐忑不安。從前老師不像你們這般幸福，我父親在我還小的時候便去世了，家裏就剩下我和她老人家相依爲命，那陣子我在外面奔波，心裏一直想念着她，一旦……」

施老師說得很快，很急切，臉色瞬息萬變，致使前面的話還沒有說完，後面的話就湧上來。我聽得的還不到十分之一，就只覺得耳內嗡嗡作響，聽覺完全被破壞了。不過我也懶得去知道他說些什麼，我只不爲什麼的到這裏來罷了！

坐下，喝茶，沉默。突然他抬起頭來對我說：

「你母親前不久去世，眞的嗎？」

我點了點頭。

「眞不幸，瞧你一定悲慟一陣，我很能想到母親死去的痛苦。」施老師臉色悲戚，推己及人的說。

「不！我並不怎麼悲慟！」本想回答他這句話，但又半途把話嚥下去，苦澀的笑了一笑。

他們開始談起正經的事，我無聊的倚在窗口，注視着卽將爬到窗口的牽牛花。窗外的陽臺上擺滿了不少的盆景，有落地生根、曇花、劍蘭、萬年靑……有些剛開了花，有些正在探尋着謝期，點點斑燦的顏色呈現在我的眼前，幾隻蜜蜂和蝴蝶在靜止的空間裏飄舞着。我以臉龐屏擋着他們，兩隻眼睛却向後移入一個巨大無比的空洞世界。

突然，我被一陣緊促的騷動聲驚醒，回過頭去，正看見施老師倉惶的奔入室內，呻吟聲隔着簾子不斷的傳出來，一聲比一聲無力，一聲比一聲冗長，好像隔世對我們訴說。死亡的氣息很濃，充滿了屋子，正在每個角落裏開着陰暗的花。

以後，我們便起身告辭，走出了房門，炙熱的太陽已升到了屋頂，我邊走在馬路邊揩着汗，良秀要我到路邊一家冰果室喝杯冷飲。整日裏，那呻吟聲都在我耳際迴響。

3

自從爸爸娶過那妮子後，我就覺得一再的歷經家庭的改組，使我有些難以適應，那女孩子只長我一歲，却要我叫她「阿姨」，這多彆扭。我不管這些，我叫她名字，至於那瘋婆子我只叫她阿巴桑，這婆子多少叫我受不了，她動不動就緊緊的抱住我，一直喚着她兒子的乳名。我的父親只管上班，因爲得到了多年來所妄想的東西，他心滿意足，當着小繼母的面前不停的談着他幼年的事，彷佛是與他的舊情人，共同返回童年的美麗生涯。

我如何忍受得了這種畸型的生活？我獨自的留在學校過夜，寂靜的校園除了有些蚊蟲以外，倒沒有家裏的悶熱與煩躁，我覺得很好，四周的蟲鳴和樹葉的沙沙聲給我不少的溫暖。當然，我不想回家還有一個重大的原因，那件事一直使我芒刺在背，諱於再見到那些可怕的見證人。

那天晚上，我沒吃晚飯也沒洗澡，就慵懶的倒在床上睡覺。一覺醒來，直感到有陣陣的饑餓在意識裏吶喊，我走到厨房企圖拿些食物。這些日子，我突然變成了一具不含頭腦的屍體，很少思考事情，一股不容抗拒的倦怠感頑強的進入我的體內，理智被放逐於草莽的蠻荒，我只憑直覺做事，藉着平日所養成的習慣，做些遲鈍的反射動作，刺激和反應是不透過思維的，餓了就吃，睏了就睡，我毫無抵抗的任它去了。四周迅速的在褪色，逐漸的在蒼白，終至也變成與我一致的調子。任何的東西都引不起我的興趣，所見的萬物都改變了應有的外貌，他們只是一種輪廓、一種平面，空洞而蒼涼。我僅憑着動物的基本反應做事，漸與飛禽走獸無異了。

我在厨房裏嫌惡的翻找着，我不曉得該吃什麼，但直覺告訴我，假如我找不到那東西，我就會餓得乾癟而死。忽然有水聲迷夢般的傳來，它以縹遙的姿態從遠方席捲而來，淹沒了一切，不住的在我的眼前翻滾。一種特有的意識馬上告訴我，食物就擱在水邊。循着水聲前進，我摸索到三樓的浴室門口。

像狗一般的，我急迫的喘息着。一股從未有的衝動打從脚底升起，沿着脊骨盤旋而上，終於撞及了腦袋，腦海頓時呈現一片無限廣延的焦躁，冷汗從我的額頭掉下來，那是一種超集中和傾注的現象，片刻之間，周遭的事物都離我遠去，不再構成任何的意義。在一心想要取得那食物以外，世界的一切都變成了次要。我不分靑紅皂白的衝過去，像一隻嗜血的野獸，撞開了緊閉的門扉。

首先映入眼簾的是光滑的浴缸，旁邊縮着一個赤裸的女人，纖美的輪廓，玲瓏的肢渦，我睜大了眼睛，想動手搜尋，但一聲尖叫將我昏沉的理智喚些過來，我本能的楞了一下，才看清是小繼母蹲在角落，以無比驚惶的眼神，震駭的看着我，臉上一片紫紅。雖然如此，但我並不馬上的退縮，昏蕩蕩的腦子仍殘存若干的食慾，在意識到這裏並沒有所要的東西時，我仍不肯放棄追尋。具體的說，慵懶的習慣延長了一段時間，使我的行動慢了半拍。我仍不動的瞧着裏面，看完每一件東西，包括小繼母的身子，方才扭轉身軀，慢吞吞的離開。小繼母悽惶惶的穿好衣服，跑進她的臥室。

我必須加以強調，當時的我並無絲毫性的慾求，我所要的不是那種令我焦慮的東西，我只依着直覺做去，像個遊離症的病患。那夜，我沒有任何的悔意，饑餓感消失後，我迅速的進入夢鄉。次日，我如常的起床、上學，機械般的坐在課堂。但放學後，我突兀的憶起早晨時父親的臉色：那是一種潛藏無比怨怒的神情，積鬱的怒使他高大的軀幹顫巍巍的矗立着，在吃早飯時，他以兩隻巨眼瞪住我。我並不感意外，平時的他不也是常掛着那副很恨很恨的臉，以無比的憂傷與怨恨凍結了視線以內的東西。他看我，我看他，但我的心中沒有他。不過小繼母沒有一齊來用膳，莫非是小繼母將昨晚的事告訴了家人，我倒不在乎他們將會用任何的手段對付我，怕的倒是他們「不對我怎麼樣」。簡單的說，我怕這些飽受驚嚇的可憐蟲會以沉默的眼光向我，然後以各種可能的假設來猜測我當時的動機，他們猜想的範圍無非是繞着性的主題轉，我受不了！我是無可辯解的，難道還叫我把那時莫名其妙的感覺向他們申述？我很悲哀，我家的這羣瘋子爲何不能彼此的諒解？最後我摸摸口袋，還有一百多塊，就準備先在學校裏度過幾天，以後看情形再說。

這是第三天的黃昏，我倚在三樓的朱闌上，眺望着四周圍的景物，夕陽從我的背面投射過去，照在對面的景德堂，玲瓏的建築又把金黃色的陽光反射回來，整座的樓閣頃刻便陷入一片金黃的大海，像海市蜃樓般的被擎高，龍盤虎躍的飛舞起來。種遍校園的高低樹木也曳着修長的影子，沐浴在夕陽的餘暉裏，第一次看到這景況，我不禁驚呼着：好多好多的影子啊！

小喇叭聲突然從景德堂的後面悠然的升起，那是一曲韻律悠美的舞伴淚影，長而柔和的聲音蔚成種種的色彩，蔚成片片的雲霞，升起，升起，染遍了校園，染遍了西方的天邊，染開了一片雲蒸霞蔚，就單單一支小喇叭竟把大地旋得煥發飛揚起來。

我猛然的憶起班上談起的事。今天的侯明倫突然變得乖張怪異，活像歷經一次非凡的遭遇。他是一個早熟的傢伙，滿臉留下青春痘淡去的影子，像早開的花朶謝去後，正結着成人的果實，渾身洋溢着與其實質年齡不相彷彿的早熟。在彰道商工裏，每一班裏似乎都會有這類令人豔羨的人物，他們的舉止都帶着某種蓄意的反叛，以行動去蔑視旣定的社會標準。他們戲劇的將大盤帽摺成棺材形、飛船形，在上面繪製各種圖像，以毫無忌憚的態度，草率而認眞的把它放在頭上。長長的頭髮不馴服的垂到衣領上，頸上飄着長絲巾，AB褲使得軀體凹凸分明，把靑年人承受壓力後所產生的叛逆都展露無遺。他們的談話蘊藏不盡的玄妙，就像一條九曲廻轉的長廊，任何平常的跫音只要透過它的共鳴，所產生的音響也會玄妙神奇。我很欽佩他們擁有這種雄厚的資本。一聽到他們談話，全班都不約而同的聚到他們的身邊，我也不例外，我總站得遠一點，以冷淡的迫切傾聽着。我不敢逼近去正視他們，我不配談那種話，我們之間所隔的空隙因爲我身體散發的冷氣而凍結，我是永遠都無法與他們平等互惠的。

「昨天黃昏在景德堂後面呀！」侯明倫以起伏不定的調子說着，他要宣佈秘密了：「一個人抱過我！」

「說呀！誰抱了你！」探尋寶藏的青年馬上豔羨的追問。

「是個大男人嘛！」

侯明倫裝得若無其事的說着。他那有意把特殊化成平凡的語調，就像一句優美的詩，造成無比的張力，激烈的攻佔了每個人心中最堅固的堡壘。我們都以爲他談的是女人，因爲類似他那種體格優越的人，那類事情是不稀罕的。現在却是個男人，每個人瞬間都驚呆了。

「還撫摸我呢！」他說着，乖張的笑了兩聲，驕傲的羞愧在臉上擴散。

大夥兒喧嘩了。我的心頓時的震動了一下。嗨！這多不可思議，我想都不曾想過啊！這會是怎麼一種情況呢？是不是兩人都勝利，還是都失敗呢？侯明倫的身體好棒，該不致於像我，而對方能抱着侯明倫，一定是勢均力敵哪！由於好奇心的慫恿，整天裏就只吊念着這件事。

夢幻般的，我從樓上走下來，循着樂聲而去，沿着七里香的小徑，繞到景德堂後面。這是一片廣闊的韓國草坪，一個男子坐在草坪的中央吹着小喇叭。

我走過去，由於面對着這個秘密的主持人，我有點不能承受，但又不願空手而去，我只好呆呆的站着。無疑的，我心中的鬼魂正在執行一件連我都無法清楚的政變。

後來他放下了樂器，告訴我：他是倩影歌舞團的樂隊，最近在鎭上公演，由於找不到地方好練習，臨時選上了學校，他是退役軍人，四十歲。以後他談起自己的滄桑史。

「我們是不幸的一代，像你們這般年紀時，我們就開始流亡了。」

他的樣子隨着語氣而露出悲傷。就因爲我們一見面就談這些話，以及我心中所預知的事情，使我覺得他正在演戲。不過從外貌及輪廓看來，他並不亞於我的父親，典型的是個男子，額頭奔騰着千山萬水。

「我在故鄉時有個弟弟，如果他還在，該有你這般年紀了。」

爲了促成陰謀的提早實現，我點了點頭表示同情他的不幸，並告訴他不必難過啦！他的喇叭又是吹得怎麼好啦！我阿諛了他！

他終於挨過來，抱我瘦小的身子。用手環着我的上身，然後把喇叭擎到我的嘴來，要我學他吹吹看。我的嘴唇接觸到那金屬的器具，一種特別的異味從我的舌尖流入，我感到那是一股冒險的芬芳。我用力的吹幾口，但沒吹響，由於過份使勁，使我有點頭昏眼花，伴着那怪怪的味道，令我有飄飄然的感覺。他問我有沒有女朋友，我回答他沒有。他很快的從口袋掏出一大叠的相片，盡是些赤裸的女人，帶着幾分的邪教意味，他說那是他們團裏的女伶，如果我願意可以向他說，他很樂意爲我介紹。我不感興趣，唯一夠得上好的是那些色彩，它叫我想到了送給良秀的嬰兒圖片。我把它推開並告訴他，那些對我並不具任何的意義。

他狐疑的望着我，突然他的動作劇烈的改變，那原本遲疑不決的手變得強壯而有力，臉龐急速的紅潤起來。長在手臂上的捲曲黑毛陡然的烏亮起來，一根根活像生氣蓬勃的小草，在風中顫顫的抖動，我彷彿查覺到一種氣體從他的毛孔中散發出來。他的雙腿緊緊的夾着我的臂部，一股從未有過的愉悅傳遍了我的全身。他開始撫摸我，親我，還說些字音不清的話。我的心理同時的發生變化，看着自己倒在他的懷中，我想到了嬰孩，又想到了母親，但我不駭怕，因爲接納我的不是女人，而是大男人，是和我具有相同肉體的人，我迅速的把那嬰孩寄生在他的體內，通過一層的轉移和遞變，我順利的和他合而爲一，我和他擁有共同的軀體，有黑髮，有強盛的體毛，紅潤的臉龐……在夕陽下我意識底嬰孩開始茁壯茁壯，我復活了！我復活了！

分手後，他依依不捨的告訴我，有時間去找他。由於獲得了這種滿足，我不再有任何的猶豫，不再畏懼任何人。在夜色中，我跨動了強有力的步伐回家，故都大道的燈光有神的亮着。一地裏，我一直反芻着那冒險的芬芳及被凌辱的歡愉。

走回家裏已是九點時分，父親在客廳坐着，納悶的吐着煙圈，我低着頭裝着沒看見的走過去。他叫住了我，問我這三天裏去什麼地方？這是反常的，一向他是不管我的。我木訥的坐在沙發上，看着他，搖搖頭，意思是不用他操心。他見我一語不發，很嚴厲的看着我。但我不怕，那只是他裝出來的外貌，內心裏他和我一樣的懦弱，血管裏都流動着侏儒的血液。他抖了抖嘴唇，欲言又止，最後長嘆了一聲。我知道他拿我沒辦法，他沒有任何的理由教訓我，就是說他本身是劣等的駕駛訓練師，本身一無可取，他雖然懂得很多理論，卻從未能在本身實現過，他口授給別人的技巧恰好是擊重自己的弱點，爲了免去自我僞瞞的傷害，他只好放棄了自己的職業，一任眼前這個不像人的傢伙去了。我很可憐他，站起身來走進書房，我有點不忍心的回頭看他兩次，想告訴他：原諒我。但又把話嚥住了……

一連幾天，學校放了假，班上的同學利用這機會舉辦一次郊遊。這次是由王夢昭發起的，目標是冷翠湖。她是鋒頭很健的女生，人生得挺漂亮。只是平時不大唸書，專挑強壯的男生混。由於她選擇的對象正與我站在極端的一面，而我也不愛理會那些有害於我的異性，因此我們之間的眸光都未曾交接過，心靈空間的交集是徹底的空集合。這次郊遊人數頗衆，我是個意志薄弱型的人，容易受人左右，他們却說我很隨合，說起話來都是低聲下氣。好像我這種喪失生命衝力的人，才是他們心中最美好的人。很意外的，王夢昭一直找我談話，企圖引起我談話的動機。我沒去理她。一方面是長期對異性的焦慮，使得構通兩性心湖的水道已經阻塞，堆積的汚朽正在發霉腐蝕，最後連自己的湖水都不敢去舔舐，另一方面是我並沒有充足的條件與她來往，我比別人矮半截，她和我站在一起需要踮起脚尖，爲了免去無謂的體力消耗，我取消了它。俯身在自我塑造觀念的重擔下，我第一次接觸到異性就第一次的產生自然被動的呼號：我必須逃開它！有了事先的撤退計謀，使我置身於無所謂的安然情境中。

在划船時，她蓄意的和我坐在一起。冷翠湖的水十分的冰涼，湖的四周山麓上一片碧綠，山的輪廓很自然的起伏着。她一直告訴我，自然的風光有多美，接觸自然可以喚醒人生沉睡的一面。我只吱吱唔唔的應着。打着雙槳，避開她的目光，划入一處楊柳低垂的小灣，噫！好個陌生的港灣！

午時的陽光是有毒的，火棘的太陽烤晒着我白晳的身子，我很少晒過太陽，加上湖水的反射，不但晒紅了露在衣服外面的皮膚，而且也使得頭劇痛起來。後來進了一家冷飲店，我要來一瓶可樂，勉強的恢復了正常，却使我沉沉欲睡起來。王夢昭從旁邊遞給我一張油印紙，告訴我多加入一些活動，我不曉得她在搞些什麼名堂，不過她那充滿憐愛的眼光使我產生安全的驚恍，我點頭把那紙張放入口袋。

這次的郊遊並沒有給我任何的好處，反而迫使我又陷入絕境，慵懶不堪，我悶在家裏窮無聊，心底一直醞釀着喧嘩。小繼母和父親以異樣的眼光瞅我。最後我還是決定去找那位喇叭手。

4

良秀要我幫他忙。他答應慈恩合唱團，要爲他們的演出佈置舞臺和招待來賓，我沒有拒絕。不思不想的頭腦已經僵化，幹什麼事都沒兩樣，而且倩影歌舞團的離去，使我的心底失落了一個寶藏。

演出的地點是學校的大禮堂，時間是晚間七點。我們提前在五點鐘時吃飯。之後朝禮堂走來。慈恩合唱團是基督教會在我們學校所贊助的社團，以標榜人類愛爲宗旨。他們的團員很早就到場了，部份是我認識的同學。有些跑過來向我們打招呼，滿面笑容的說些問候的話，據說這是他們社團的第一個信條——微笑的去對待任何人。我沒有笑的意念，只是牽動嘴唇，做出那種形狀而已。

良秀託我幫他們放映幻燈片——一些歌詞及某些漂亮的照片。我搬來一張桌子，在那裏試着放映機的位置和鏡頭。這時一個人走過來想跟我說話。

「請問你是良秀的同學嗎？」

我點點頭。

「多謝你們的幫忙。」

我告訴他，這工作輕易得很，任何人都可以做，何況我們是公關人員，就當成一種實習吧！

他問我是否了解他們社團的主旨，如果我想知道，他願意告訴我。我很能體會他的善意及一片誠懇。我回答他說：無所謂啦！我是不在乎的人，如果他樂意說我也樂意聽。他自我介紹一番，名字是楊雲龍，團長，工商管理的學生。在昏暗中我端詳他一下。我發現他有一雙大而尖銳的眼睛，一個挺直的鼻，特有薄薄的嘴唇美麗的橫在下巴上面。滿頭的鋼髮雖然在人工的壓制下，仍桀驁不馴的動蕩起來。他談話時喜歡不住的點頭，致使整個修長的身子和頭髮怪誕的蠕動起來。他的一切叫我想到被拉長的影子。

「慈恩合唱團的目的在於發揚人類愛，提倡新道德，以開懷代替冷漠，以信賴代替猜疑……」

他扯了一篇的道理來強調愛的重要。他那種教條式的談話加上費力的表情，使我查覺到那是潛藏在血液的某種力量所壓榨出來的。我首次以嗅覺的方法，發現與我同類的人。這時一個女生從臺上走下來，她一直的幫着良秀佈置舞臺，由於她背對着我，燈光又十分昏晦，我只看見她的輪廓，直到她走近我的眼前，我才看清她是王夢昭。我很奇怪，和她同窗了四年，竟不能從她的背影瞧出她，何況她那天還和我呆了一天！也許是我心裏根本沒有她的存在，在疲倦過飽和的情況中，沒有任何的空間容納她身影散發出來的分子。這麼那天我想逃脫她的意識不是多餘的嗎？我是太過敏感吧？我是自作緊張吧？哦，哦，不！也許是我想逃離她。強烈的恐怖心理促成我去壓抑她的影像，是因爲太怕想她而潛意識裏抗拒她吧？是不想她而忘了她吧？或是太想她而忘了她？……我的心理頓時的羣集狐疑，我想不通，首次的碰到女人就這麼麻煩！但我寧願相信前者的情況，是我太集中於自我的疲乏之感，致使四周都引不起我的興趣！由於一直希冀這點，致使我忘了自己置身何處，我竟忘了逃開她的目光。她笑容可掬的走過來向我打招呼，我猛然的驚醒，同時悟出了那天她遞紙張給我的舉動。而楊雲龍於此時却默默的退下去。

「嗨，他向你談人類愛吧！」

王夢昭笑了笑，但我不能原諒她的笑，我從她的嘴角瞧出了蓄意的譏諷，無疑的，他們兩者之間進行着某種內心的口角。

我裝着很忙的樣子，把頭低下來不去看她。她見我不說話，以爲我是乖張害羞的孩子。她坐在我的旁邊毫無牽掛的嘀咕起來。一下子說她是合唱團的主唱，一下子又說近來大徹大悟才跑來提倡道德，一下子又說她很愛所有的人類。她大概把我當成一隻永不含惡意的動物。滔滔的向我訴說她的苦衷，我無所謂的聽着她說的這些無聊話。後來我憮憮的告訴她：每一個人都會後悔他以前所做的一些事，只要是他還在成長的話。她意想不到我的反擊，先是楞了一楞，繼而痛快的笑了，說我是世界上第一個了解她的人。

這次的演出十分的成功。我頗不能忘懷楊雲龍的唱歌神情，他以特有修長的身材和那雙銳利的眼睛，一上場就攝住了臺下的每個人。他的歌聲具有無比的可塑性，將自己的顏面壓縮成各種圖形，伴着那滿頭暴漲飛揚的亂髮，我幾乎相信那是一朶綻放的黑火，生命力就像鮮紅的血液由破裂的血脈湧出。我眞替他擔心會把最後的一滴血也唱盡。

天氣悶得很，演唱完後，我們到校門口一家冰菓室聊天。由於長時間的待在黑暗裏，加以不斷變換的幻燈片刺激我的視覺，昏蕩的感覺又浮升上來，走起路來輕飄飄的，有點紮不住脚。冷飲店在歷經一天白晝的煎熬後，在夜間只好以霓虹來粉飾滿臉的疲憊，一支小喇叭令我想到了校園的際遇，沿着我的思維繚繞，吹得我直要發狂。簾子看不到白天的殷勤，側着單薄的身子，倚在窗口，無奈的緺着眉頭，倦意……濃濃的倦意……

現在王夢昭就坐在我的對面，嗨！老天！她眞是窮追不捨！

「怎麼了，不舒服？」王夢昭看我不說話，找了話題。

「是啦，頭有點暈。」我把自己的手放在額上，想以行動來證明這愚昧的對白。

「讀書很重要是不錯的，身體嘛，也應該注意！」

唉！她是有意說這話吧！她把頭傾過來，一股香水的味道擴散而來，白裏透紅的臉龐在整潔的衣服美麗的綻現出來，粉紅的玫瑰。她的確是很漂亮的，雖說我這種沒有審美能力的人，依然可以清楚的咀嚼着那種味道。我看着她那曾令很多人迷醉過的臉，很多人想擁抱的臉，我迷惑了，唉！唉！

「來，這杯冰給你吧！」

「謝謝妳啦，我這邊還有呢！」我感到無法承受的壓力從她的笑靨散發而至，我假裝很輕鬆的想推開她。

「不要客氣哩，朋友就不需要講客套嘛！」

她伸出了纖白的雙手，把杯子遞過來，我發現那是不可抗拒的潛在力量，無形的向我湧來。

他的手掌隔着透明的玻璃杯，經過折射，驟然的放大，那是巨靈掌吧！她已經將我完全的掌握，輕易的將我褶壓在杯底，一種浪子式的溫柔從我的心底升起，就像重歸某種久久告別的懷抱，我迷夢的舉起杯子，一飲而盡，（唉！我正在從事着什麼作業呢？）。

5

王夢昭近來一直的找我，她說很少人能瞭解她，唯有我才能體諒她的一片心情，在上課時，她類似一支磁針，以我為南方，固定的指着，她的身影化成千千萬萬的纏繞在我的四周，那纖纖的白手驟然的放大在我的眼前，我的腦子一直重複着那天晚上夢魘的預演，我不敢去正視她，我一想到那景況，颯颯的寒風便襲擊身上的每個毛孔，它已成爲我另一座可怕的死角，我必須遠離它。特有的意識激起我地鼠般的本能，我敏銳的避入陰暗的洞穴中。那天我在書局裏窺見她的身影，我立刻的將自己隱藏起來，蹲在一個書堆裏，經過許久，確定她走了，我才站起身子，一種莫名的焦慮開始圍剿過來，我恨不得立刻消失在人間，我朝書本的怒目的在心裏叫着，爲什麼我不死去！爲什麼我不死去！痛苦整日的糾纏我。愛與放棄與死亡的玄妙關係違背了一般的常軌，在我的心中交戰着。

但我不是那種沒有自知之明的人，我很清楚自己的心理，就像清楚自己的生理，並且是充份的清楚另一種可能性，才令我覺得世界似乎是一把鉗子，時時刻刻都在向我進行雙面的夾攻：也許是我自作多情吧！我是置身在列車上才覺得外面的景物在移動吧！戀愛的人不也是都有這種酩酊的感覺嗎？這是可以確定的，你那副沒有任何戀愛條件的身子，也只配做白日夢而已！別人怎會看上你呢？而你對她感到焦慮不是透過那些性的顯示轉移到你對於手淫的心理衝突嗎？你對她只是一種對將來的可能性做猜測的害怕罷了！你眞是一隻喝得爛醉的驢子！

「唉！我是可憐的蟲豸！」最後的哀鳴變成殘酷的自我詛咒。……

楊雲龍來找我，他說很喜歡跟我談話，因爲他嗅出我是個「體驗中人」，而且他想和我商量一件事。我懶得上課，索興就跟他去活動中心殺時間。

他把左手的聖經放在桌檯上，隨後從口袋掏出一個大十字架，掛在自己的胸前，我問他何必太露眼。他告訴我，世界的人都迷妄了，他們的心中沒有神，只有恐懼和懷疑，只有握住十字架才握住眞實，他想拯救人類。接着要來兩杯紅茶和一大堆食物。我們開始談起來。由於上次王夢昭的關係，還有很多話沒談清楚，他繼續的爲愛做詮譯的工作。他的話說得很快，聲浪也很高，而且一說到「愛」的字眼都會令他顫抖。他一邊說着一邊的吃，起初我沒有發現任何奇異的地方，但後來我要拿食物的時候，才發覺已被他吃了大半，我終於悟到了癥結所在。我帶着清楚的好奇心注視着他。本來他頗不以爲然的維持吃食物的動作，只是改爲慢些而已。堅持了一段時間後，他知道毛病被我「嗅」出了。他終止了暴食的行爲，放棄抵抗。

「你不介意吧！」他當然指那種行爲。

「唉呀！沒什麼！我們又不是初次見面，不會啦！」我像演戲一樣的說，不過我眞的不以爲然，因爲我也是「經驗底人」。把這種眞實的心意搬上舞臺是我第一次成功的演出。

「我們還是談私事吧！」

他開始做了一項心底的告白：

從小我就住在舅父的家——一個虛僞而缺乏溫暖的家，我的舅父是個作僞的人，僅管他從事教會的工作，暗地裏却做個法利賽人，出賣別人，出賣耶穌，爲了爭奪職務和一位牧師勾心鬥角，勝利後面還當面罵對方蠢蟲，他是十分現實而不瞭解生命的人，從事的却是靈魂的引導工作。我的父親按月的由遠方寄來瞻養費，他却背後虐待我，要我處理許多敎會的工作。他永遠不能光明磊落的做一件事，心理一直都躱藏撒旦的鬼魂。但我不怕，我的心裏有神，神在我這邊，我要愛，愛一切的人類，所以我接辦了慈恩合唱團，要以歌聲和行動去喚醒迷途的人，我不要像我舅舅抱着聖經說謊話，我不是空談者，空談永不能實現，我要行動，要行動……

他的話很激越，滿頭的黑髮又飛揚起來。不過我仔細的瞧出了，這時他那雙巨眼已經煥散失神，他又告訴我，他準備要採取積極的辦法，每天清晨他將站在校門口問候同學，敎他們道德和人類愛。爲了引起效果，他想扮演滑稽的角色，把自己打扮得引人注目，他怕沒有人瞭解他，所以把這件事告訴我，能獲得一個同件的瞭解總是好的。他還要求我幫他做些事情，我答應他，只要他願意我什麼都幫他。

「那麼我們是大好的朋友了，你絕不會有任何的推辭吧！」

「唔。」我習慣的沉吟了一會，然後才想到中了他無意的陷穽。

接着他要我寫封信及寄一張聖母的畫像給一位老敎授，要我告訴那敎授淫亂的害處。那位敎授是心理和生理的枯竭者，但又喜歡談女人。他說性是罪惡，性使人喪失淸醒的頭腦，及遺忘了人類應有的本能和愛。我對這件他所認爲的「善意的爲非作歹」的事頗感困難。因爲這件事太突兀，事件本身又包含大量的揶揄毒素。而我是沒有任何能力的，即使是作惡亦然。但面對這位同屬驢科的人，基於共同的命運，我又很難推辭。不過「不署名」的條件給我很大的安全感，免去了「責任」的重擔，於是我的惡魂開始向我搔首弄姿。

「怎麼會想到要我做呢？」我對深水砸下一顆石子。

「因爲你較瞭解這點。」他毫不遮攔的說。

「唉呀！我怎麼會呢！」

無意中被他抓住了我的弱點，我險些窒息，慌忙的從泥沿裏把頭伸出來，爲了避免他發覺我的失態，我被動的補上一句：我可以試試看。聲音和姿態都裝得很自然，嗨！但我多麼厭惡自己這種虛僞。對於我們雙方靈山拈花式的瞭解，我感到知音的可怕。

我們陸陸續續的又談些話，他說王夢昭是可怕的女人，以前他曾和她有過愛情，不過後來他覺得那是罪惡，把他的人類愛都抹殺了，使他遠離了神。我對他的話感到莫名的悲哀，因爲他的話裏有我的影子。他又問我對生命的看法。我告訴他，我們是處在極端的兩個位置，他是一顆暴燃的星火，充滿了動力。而我是一塊燃不開陰濕的煤炭，是一條河——乾河溝。他奇妙的聽說，突然大笑的說我是世上少見的「獨特方式存在者」，我想笑，但笑不上來。

6

楊雲龍終因精神異狀而休學了。一切的事務就交由王夢昭主持，我爲了幫忙他們也加入合唱團。

那張信我很快的寄出去，我花費了很大的工夫，找了一大堆的書本來支持我的論點，我對於自己揭發惡的潛在能力表示不能相信的驚奇。那位教授並沒有任何的表示，他仍教着書，重複着以前的習慣語，只是時常用眼睛盯住幾位有前科的學生，好像在尋找什麼似的，無疑的我大可毫無疑慮的逍遙法外。久久未來的風暴，使我覺得它已消失了。但這種風平浪靜的日子，反而懷疑到世界對我的關係，難道世界已和我握手言歡了？我們不再是敵對了？或者世界已放棄理會我這可悲的傢伙？它只以冷淡的目光瞧着我這隻跛脚的猴子？為尋出一個答案，我苦思了幾天。

近來，王夢昭要我們為另一次的演出做充分的準備，星期二和星期六的晚上留在學校練習。她的影子一直留在我的腦海，一想到楊雲龍告訴我的話，我就愈加的頭痛，她變成了我壓在背上的千鈞重荷，我有寸步難行的感覺。

今天，我有一種不祥的預兆，像是滿樓的風，說明了山雨欲來的可能。我是個十分迷信的人，雖說我是不太敢相信自己的動物，但對於預感我向來不敢不信，只是不知道它將應驗在誰的身上。

我來得太早，就在禮堂門口閒坐着，汗熱的天氣偶爾還會吹來涼風，我耐心的等着。突然有個影子走過來，我睜開矇矓的雙眼，發覺我被那女子箍住，她將我抱近她的胸前，不停的哭泣。……那是一串晶瑩的淚珠，無比哀傷的輾過紫青的臉龐，（那是母親呵！）。那是一條修長的臂膀沿着的背部環繞，一束髮絲垂落在我削瘦的肩胛，（那果然是母親呵！唉唉！）。那是顫抖的身子，那是犀利的眼光，那是悲哀的床。（唉！唉！母親，不要纏我！不要纏我！）

我奔出了禮堂，奔出了校門，昏暗的路引導我向前奔上了故都大道，奔進了雨後新村。

7

我疾疾的走出了雨後新村，快步的行走在故都大道，夜間的水銀燈以哀傷的光芒注視着我。今夜，我突然觸動了久久蘊藏的陰謀，奇異的念頭閃擊了我的鬼魂，迫它點燃了炸藥的引信。因此我蹓下了病榻。

我病了，醫生說着。他要我好好的休息，以免發生不良的後果，嗨，我病了嗎？那眞是謊話，我只是虛弱點罷了！也許那天我從學校迷夢般的跑回來，消耗太多的體力吧！

那晚，我瘋狂的跑上了自己的書房，我意識到一切的希望都斷絕了。我永遠都不能與別人平等的站在一起。世界已離我遠去，沉沉的陷落在不可觸及的遠方。那夜，我又發生了一次的手淫，我失神的望着天花板嘿嘿的慘笑，人間再也沒有比我更難聽的笑聲了，以後我就倒在病床上。王夢昭來看我，表示爲那天的事抱歉，她說只是走近我的身邊想將我喚醒，沒想到我會發生那麼大的衝動。我說那是我從小就有的毛病，無所謂的。我怕她識破了我的根底，向她扯了卑劣的大謊。

病榻的日子在絕望中顯得十分的顚頇，它一直以痛苦脅迫着我，四周充滿一片的灰暗。這時我陡然的想到了母親的墳墓，由於它和我心中的嬰兒構成相互的背景與形像，使人容易發生錯覺。以前我一直以嬰兒爲主題，以致於將墳墓視成背景，我向來都不敢去正視它，現在它以無比的奇異展現在我的腦海，使我不能拭去它。

無聊中，我開始想到了和墳墓關連的東西。喪葬的情形成了我注意的對象。封燈、幢幡、鐃鈸、魂轎、像亭……開始湧現出來，我以絕望的悲痛，愉悅的接納了它們。一種聲音在向我叫喚：去吧！母親的墳墓是你的終點。

事情終於發生了，父親來看我，他的神色十分的凝重，那張原本很恨的臉上又添上幾分鬱結。他望着我，久久的不作聲，凌厲的眼神好像抓住了我某一個致命的弱點。

「你在學校裏做些什麼？」他突然開口問我。

「沒有啦！我不是每天都去上課嗎？」我竭力的裝得很自然，我想我的臉色一定很難看。

「唉！」

父親放棄追問的嘆了一口氣，我很不在乎他這種行爲。

「不過你做的事，你一定很清楚。」

最後的一句話伴同他的轉身，突然在我遲鈍的神經裏凍結。因爲我突然發現他背在後面的手拿了一封限時專送的信。我明白了一切。風暴終於來臨了。更大的絕望又來圍剿，瘋狂中，我奔出了房門。

昏沉的腦袋把我的視線弄得一片模糊，燈光迅速的在我的眼前旋轉，白色的漣漪，白色的漩渦，白色的激流，我完全的被捲去了，啊！母親！母親！

跨着搖蕩的雙腿，奔離了街道，奔過乾河溝，奔離了一個世界，夜風不斷的撲擊我的衣衫，我的顏面，我冰涼的靈魂！啊！母親！母親！你的音容何其可怖！

奔上了一條小徑，在意識裏它是無比縹緲的道路，送走母親後，我再也不曾走過它。今夜我以殘存的力量投入它狹長的懷抱。啊！母親！母親！你爲何緊擁着那透明的嬰孩？

走上了石階，終於爬上廣大的墳場，那天，送喪的人就停留在左邊的石亭裏，而我披麻帶孝的繞過它的身旁，走近母親的墓穴，一隻手顫抖的擱在棺蓋上。今夜風大，旁邊的野草在暗中抖動，每瓣葉子是一隻陰鬱的眼睛，它們在窺視我這個想執行陰謀的人。唉！唉！母親！母親！你果眞不肯放棄那襲漲高而平面的影子？

攀上母親的墳墓，兩側的石獅以怒眼向我，抖動的站在墓旁，我終於動手挖開墳墓，灰色的泥土不斷的滑落，滑落，逐漸的飛出我的頭，我的頸，我的肩，啊！母親！母親！我仆倒在挖開的墳穴裏……

黃巢殺人八百萬

1 寃句婦人

然而，這不是很罪孽嗎？山神爺，難道人世間就得隱藏那麼多的苦痛和衝突嗎？但是山神，我婦人家的血還是願意流的，祇要腹裏那塊肉能活著，祇要他能活著，我母親就是犯下了滔天大罪也是願意的，願意的。然而……然而……（婦人的鬼魂突然匐倒了下去，掩面地啜泣起來）。

妾婦的相公居曹州寃句，貞觀之時，先祖曾立下功德，就官家在這裏，妾婦原意居洛陽，天寶十四年，安祿山造反，我娘家避禍到山東來，得識夫家，結成連理。家門雖薄，但日子仍是恩愛快樂的。

但是，山神，人世間不能無憾的，有些事永不能雙全，也不知道是祖上德薄，或機運未到，五十歲的員外就是沒有孩子，五十歲呀！無後爲大，不孝有三，山神，你也不得不著急呀！而妾婦的肚子是不爭氣的。是命呀！我和員外都這麼想。

山東的我那家地方，是以鹽務繁榮起來的。那年頭縱是藩鎮的兵禍連連，而我們是百姓，我們要過活，就讓它去動亂吧，生意還是要做，員外就在外頭經營幾處的鹽市，可曾見過那樣的老實人嗎？每天早出晚歸，但我那老伴就是賺不進一筆大財富。我常說：老伴，鳥兒爲食，人爲財，得積些錢呀！在合理的買賣下掙些錢是不爲過的。而老伴是搖了搖頭，他笑得很豪邁，一句話也不說就到庭院去了。而我是有那麼一次跟到他身邊去，靠在他那永不傾頹的身子上說：老伴，也得爲我們的兒子想想啊。我婦人家是打從心底說的。就在那刻，老伴仰起他的臉，吐了一口氣，接著把妾婦抱得緊緊的，我們老夫妻的眼淚就簌簌地掉下來了。

不覺，新年就到，寃句縣城就鬧開了。在這雪片紛飛，家家歡笑的日子裏，那怕是我那車輿相連，笙歌萬里的洛陽亦不過如此吧。我婦人竟也鮮澤帔服，拿了犧牲香燭與我那老伴到渡緣寺去。而老伴總是那身棉襖及渾脫氈帽。

渡緣寺就在渾子山麓，這山竟是煙霞燦爛，泉石分明。傳說在太宗時期，一位玄奘的弟子繼承唯識眞傳而到這裏開宗立派。僕僮傭人曾告訴過妾婦，這裏的住持是得道高僧，並且能聞知往來。此時的渡緣寺前，香客紛然，待嫁的女孩們鬱金帔子迎風飛揚，而石榴裙裾掩映晨曦，變得奪目照人。我猛然憶及待嫁時的那情境，不禁把著相公的手，越挽越緊了。

踏過廂房，來到了大雄寶殿，天井底下的石砌淺池，泉水琮然，多半是後山接引過來的吧。

殿內氤氳著焚香的煙雲，而出家人的梵唱清朗軒然。焚了香許了願，我們就往住持的居處走去。

住持拎著唸珠就在庭上看著蘭蕙，那時多奇異啊，還看得見就在那刻前，高僧頭頂上的光澤仍是明亮的，但就在我越過門檻，他突然黯淡了。回過頭，那高僧竟變得那麼顫抖而無助起來。施主啊，你們終於來了，你們終於來了，高僧望著我婦人家說著。好久才恢復鎭靜。你們在這十個月將得子。高僧努力地說著。就在那刹那，我和相公都愣住了。頓然間，我們彷彿看到遍庭的花草都綻開來，而蔦蘿生氣盎然地攀牆而上，而爲什麼，爲什麼，那漫地蘩草也綠得豐軟如毯。

但是，十月內，黃巢降臨，宜防殺身！

高僧又說了一句，然後便不回首地走了開去。

山神，這不是很令人費解嗎？爲什麼人世間要禍福相倚呢？命嗎？天嗎？（鬼魂仰起了臉，笑得很淒然）。

之後，我果然懷孕了，也開始過著提心弔膽的日子。我們從未曾感到是如此眞實地活過，爲三個人的生命奮鬥吧，而最主要的是爲我那個孩子。假若有那麼一個骨肉，我就得好好教養他，要他赴科場中舉，中進士，當官，光宗耀祖。在房裏，員外瞧著我肚子那塊肉是這麼說的。這不是幻想呵，是希望啊，望子成龍的希望啊。

起先我躲在柴房裏，後來覺得不安全，就移到後庭院的地窖去。隔著天窗我傾聽死神的腳步聲，但是我的肚子卻是生機無限。而我也還是掛念著員外，你要注意呵，也找個地方躲躲吧，我對員外說，唉！老件，我總是相信命運的。來的是躲不過，像我還怕什麼嗎？祇要你母子安全，我還有奢望嗎？我賣鹽去，不必躭住心的。員外總拿起他的家當，倔強地出門而去，他就是那脾氣，老伴就是那脾氣。

日子在漫漫地等待中過去，看來十月就到，但還聽不到黃巢來，而我的肚子是鼓得漲漲的，是謠言吧，生活還好呀！不會有盜寇的，就等它十月過去，十月一過，一切就會平安無事。（鬼魂憧憬似地笑了）

就在那一天，山神，人世間也可能見到那神蹟的顯現嗎？夜裏，星辰西移，天空猛然響起隆隆的雷聲，跟著天窗外就出現萬條的彩霞，如流星趕月地奔向我的地窖來，赤光繞室三圈就停在壁間。我頓然覺得腹中絞痛，倒在地上，而後外面奔來了許多人。

祥瑞降臨呀！祥瑞降臨呀！

夫人臨盆、夫人臨盆

我聽到一片喧鬧和喜氣洋洋的聲音響起。接著我便被扶到房裏。痛！劇痛！啊，爲什麼劇痛是那般地無止境，昏厥中，我清醒過來，又昏厥過去，可曾見到那許多血嗎？那片血已沾滿床褥了，濕濡濡的，但我的肚子仍是鼓漲漲的。難產呀！猛然，那位接生婆對著員外說。而當時我看到他們的臉急速縮小，又擴大得像天空。但山神，我不許他們捶打我，不許他們捶打那個孩子，我要他中舉，中進士，光宗耀祖，那天夜裏，員外是點燃嬰腕粗的蠟燭如是說的，紅紅的燭光照著他期待的臉，我要生出他，我要生出他。僅存的力量敎我艱苦地生出了他（鬼魂的臉閃出堅毅的神色來）。

而，那刻裏，大地是那麼寧靜，山神，就像無限的平野啊，我感到一切都變成慈祥和藹，與我的心跳慢慢地一致。最後我聽到一陣淒啼聲，當我醒來時，就在山神祢的身旁了，而山神，我的兒子竟是黃巢呀！我的兒子竟是黃巢呀！（說完鬼魂又匐在地上啜泣）

2 曹州別駕

就是了。我本是曹州刺史榮陽公的一員官吏，後來因罷官就在寃句之地聊爲定居，但還一直替刺史做事，替刺史做事，什麼？你問我是怎麼發跡的。山神，這你永遠是懂不了的，因爲你從來就不曾住到那十里紅塵的市廛去。（說著，鬼魂戲謔地吃吃笑）那時很流行鬥鷄。鬥鷄你懂吧，訓練那些飛禽相搏，看過一次你就會愛上它。也無所謂殘忍，那也是遊戲啊，是興趣罷了。我少年時就在洛陽治鷄坊，當時是一筆大生意，諸侯王，貴主家，傾帑蕩產來玩這把戲可不在少數。我幹得相當好，這絕竅是有的，多在鷄爪下功夫，我是說在脚上的那些刀子，而我確是這麼幹的。當然，養鷄、訓練，你都得高人一等。就這樣我認識了榮陽公。

說來你又會不信。山神，當人總比當神要困難吧，你們是無所不知的，但人則要不停去摸索的。官場浮沉，那人會知道如何，而說來，我多少是鬥鷄的翹楚者，官場就像鷄場，我瞭解那些官家就像瞭解鷄子一樣，不久經滎陽公一再保薦，我終於變成他的別駕，往後我就跟著他來到這個曹州了。

什麼，我這個便便巨腹是民脂民膏嗎？山神，你爲我評判，當時那個刺史，那個節度使，還有玄宗肅宗時的那些藩鎭，那個不是鷹揚跋扈？河東嗎？河西？盧龍？朔方？那個不貪汚？噢，算了，山神，那是亂世呀！不像山間這家小廟呀！（鬼魂突然睨起肥胖的三角眼來，不屑地瞧著山神爺）

罷官於寃句後，我就想在此厚植勢力，先聯絡縣太爺吧，這總要的，我買下了幾戶縣城的住家，就把洛陽一帶的笙歌優倡帶進來。廣置妻妾，並開始控制了幾處首要的魚市鹽市。而山東之地果然是頗富魚鹽之利啊！（鬼魂笑得很認眞）而後我更往淄、青一帶發展。我說祇要有官家的勢力，用錢財開路，那個生意不會利市百倍，不及二年，我便成寃句的首富了，當地的人稱我「常樂員外」，常樂員外，山神，這稱呼還好吧？（鬼魂快樂地吃吃猛笑）

住在縣城裏，通常我是深居簡出的（即使偶爾到市集去看商務，我也是不十分認眞，那排場是不必的。但在佳節良日裏，我可不這樣。山神，演戲總要有觀衆吧？而人生大戲則要有羣衆，這是鬥鷄場上的眞言。在佳節良日自然是人山人海，從縣城小巷到渡緣市，我花錢擺滿鷄場，帶著那些梨園弟子，漫步在每條街巷中，還不會看過我頭頂那鵰翠金華冠吧，還有錦袖繡襦袴，就像戰勝的那些鬥鷄那麼美麗，那麼美麗。（說著的鬼魂，誇張地笑開了嘴）

而那天是清明節，祭墳的酒遍洒在宛句縣城，酒香飄溢在晚春的暖空裏，太陽是有的，還兼斜斜細雨。篤實虔誠的縣人互挽著族人的手，大紅大綠的衣著色調圈圈開在街道上。我趁著人潮，湧過去看遠處簇擁而來的神轎。山神，你是不會明白的，人需要狂歡與熱烈，你的榮華會逝去，青春會衰褪，你要把握。

那是何等令人神情迷亂的大金黃輿轎，它閃動在陽光下，把清明細雨的天空翻轉過來了。而你的人生，名望，榮譽，失意的童年，鬥雞的少年，走運的青年，快活的壯年一下都攪在一起。你急速地墜向神馳的另一面世界去了。而山神，那刻我是清醒的，雖然我喝了太多的酒，就在那刻我想我是朝神轎狂奔而去的，猛然，輿轎停了，靜了，金黃的頂飾變成大平面，上面寫道：

金色蝦蟇爭努眼
翻却曹州天下反
黃巢殺人八百萬
常樂員外數難逃

數難逃！就在那刻裏，我清醒過來了，金輿揸身而去，留下我與那班隨從還立在繁囂的市集中。夢嗎？幻嗎？（鬼魂苦笑地搖搖頭）

以後，我便感到苦惱了。那個黃巢？另一個亂臣安祿山嗎？另一個賊子史思明嗎？他是何方人氏，何方人氏？

而果然呵，果然他竟是曹州寃句縣人。那天我三步併兩步地去接刺史來的公函。那公文是這樣寫的：

太史夜觀星相，東方慧星出現，頗有篡奪之姿。地在曹州寃句，時在十月朔日，明令斬除。

什麼？殺嬰是殘忍的嗎？噢，也許，但那是爲了我的生命啊，我要生存，山神，倘若世界也有公道，這就是了，黃巢殺我，我不得不殺他啊，至於凡同日出生得一律濫殺，那也是爲了八百萬的生靈啊，山神，這不是理由，是事實。當天恰好是十月朔日，我就去辦了，旣快且速，搜捕十二位，格殺勿論！（鬼魂的臉猛地冷漠起來）

至於我，我仍是快樂的。當天我依舊帶着僕役，爲那天渾子山旁未捉到的那隻貂而奮鬥，循着山路，我們是越走越入深山仍不見所獲，就當是冒險的遊樂吧，一再深凌四遐，最後竟迷失在山徑中。而山神，那不是很湊巧嗎？就在那時，我們在黑暗的山路上發現了一個嬰孩，包紮得完完整整的、白綢棉襖裏外包裹着他的身子，臉蛋紅光耀人，鮮嫩嫩的，看來怕是剛剛出生的吧，你看他眼睛還祇是半張的，無邪天眞的畫面就在那兒，生及媚愛的氣息完全洋溢在夜暗的山道上。這不禁令我想起三年前，夫人爲我生下的那個小男孩，也是這種模樣呵？一揮動他的拳脚就可愛得令你發狂，雖然未及一歲，它就夭亡了。（鬼魂說到這裏，停了停，良久，忽地微笑上來）。帶回去！午夜將它殺了。我終於命令左右手把它挾在腋裏，搜索出路，走出山中。夜晚下起雨，我想到若是那嬰孩還在山道的話……

夜晚，我就半躺在堂上看新養的兩隻鬥鷄。冷凝的石床令我舒服，泡了杏仁，就任外面風雨交加了。

鬥鷄很快武裝起牠們的羽毛，屹立場中，顧盼如神，突然左邊的鷄子振翼豎毛，礪吻磨距猛撲過去，戰鬥立即慘烈起來。我手中的杏仁是餘味十足了。忽然，被攻擊的那隻矮而結實的鷄子，在纏鬥中，猛地張翻出牠如電的利刃，那曾是我爲牠磨利的，牠疾速地豎起整個身子，飛騰了上去，利刃便刺進另一鷄子的胸肌中。一滴一滴的血沿着豐盛的羽毛叢中流洩出來，終於對方如洩了氣的皮囊，疲乏地倒下去，頭無力地摔在一邊。突然窗外一聲巨大的霹靂，銀白的閃電匹練般傾瀉而入，跟着雷聲啪啦地打在窗口上，啊，我驚嚇地站起身，觸到了茶几的白珊瑚，掉在地面，立即碎成小片，一片、一片，潔白、潔白，而那鷄子的血依然一滴、二滴，滴滴鮮紅。啊，夫人，夫人，妳臨盆的景象是多令人雀躍啊，而，那天，孩子竟是如此地夭折了。

左右啊！猛然間，我記起了一件事，大叫了，不能殺他呵！不能殺他呵！山神，理智不是對別人很殘酷嗎？而情感爲什麼總對自己殘忍？就在那夜，我放了那嬰孩，我放了那嬰孩！而，山神，到現在我還是不後悔的，縱然二十幾年後他殺了我。而，山神，至於我那些作爲，若太殘忍，那麼便帶我到十八地獄去吧！（說罷，鬼魂不屑地掉開頭去）

3 寃句老父

抱著剛出生的小孩，我呆呆地站在娘子的閨房裏，那疊鴛鴦再度疊得整潔乾淨，而畫鏤著山水的兩面屏風就兀自涑在那兒，鏡臺蓮花，金履翡翠，及昔日親膩都好像仍是好好的，但娘子呵，娘子，她的遺體已被安置到大廳堂上去了。山神，我老漢一生平實做人，穩當過活，從不喪志，而若說有那麼一件事將老漢擊倒，那就是了，就是此時此刻了。（說着鬼魂碩壯的身軀抖動，頻頻搖頭）

而，山神，就在那刻，我完全了解，我清楚手中的嬰孩是誰了，它是黃巢，是山東讖緯所預言的巨寇黃巢呀！果然是他嗎？是這個孽種畜生嗎？他終於來臨了，第一個殺了他的母親，這太違背倫常，太違背天理了。相公，我爲你生個男孩，模樣像你，伶俐像我，就這樣抱著他，永遠陪着他，那天，娘子在閨房抱着織紋枕模擬着對我說。山神，還有誰那般地體貼我，瞭解我呢？而一切都是走遠了，逝如雲煙了，就爲了這畜生，這大逆不道的畜生，他竟然殺害他慈愛的母親。而將來他還得舉起烽火，殺死億萬的生靈。那麼就除去他吧，趁早殺了他吧！一種聲音猛然告知了我老漢混亂的內心，殺了他吧！殺了他吧！（鬼魂的穩定神色陡地散亂了起來）

殺嬰的捕役來了呀！殺嬰的捕役來了呀！

突然外面的僕僮破門而入，他挾着喘息不停的口音，三語併二語地告訴我，外邊來了捕役，他說凡是朔日出生的嬰孩必須全部殺害，說罷僕役們鬥上門，溜也似地從後門跑出去。

還有比這個更湊巧的天理報應嗎？山神，我兒子是天上的煞星轉世的呀！他將殺害八百萬的人類啊！罪無可逭！罪無可逭！而孩子，你也怪不得我老漢了，爲父的不是有意害你呵！你是不應該降生，不應該降生呀！讓捕役殺了你吧！讓捕役殺了你吧！我兒，今夜，在衙門或在荒塚，你將不再搖動你稚嫩的小手了，啊，我兒，我兒！（突然，鬼魂掉下了他豆大晶瑩的熱淚）

但是，山神，這不是很令人費解嗎？就在那刻裏，傳來急速而響亮的敲門聲，聲聲重擊老漢的心臟，老伴，我們的子緣未到吧，不是我們德薄呀！俗語說老來得子才是眞喜事啊，我會爲你生男孩，一定的，模樣像你，伶俐像我。啊，那夜，紅燭下的閨房娘子是對我這麼說的。娘子，娘子，啊冤孽呵！就是那刻，我的腦子閃過一個意念，救了他吧！他是你骨肉啊！是你親兒子啊！而後，我掉過身，越過窗子，奮力往夜空中奔去。

不知道跑了多遠，祇要是人跡罕到的地方我就跑，終於我累了，停了下來。靠在一棵大樹旁，睜大眼睛，我方才借了星光辨出這是渾子山的一條小道，落葉深積，叢林密佈，終年怕也不會有人來到吧，而此時懷中的我那孩子，已熟熟地睡著了。於是我放下他，還把我的棉襖裹在他身上，沿路做好記號，暫時委曲你吧，我兒，等我去應付那些捕役後，再想辦法把你接到另一處去吧！摸索山路下來，遠處有明滅的燈火，那是渡緣寺。

那晚，我哄騙了捕役，告訴他們我娘子難產而死，而兒子亦無全活，我已將它掩埋在後院的祖墳中。然而，山神，是未等到天亮吧，我就趁著黎明摸上山路去找兒子。但山神，那是命嗎？山道寂寂，杳無人影，我原先放置兒子的地方一片混亂，樹叢傾斜，小孩已不知去向。怕已被野獸帶跑了。我張著混亂的心，失神地走著，不禁想起我那唇齒相依的娘子，以及罪孽無邊的孩子。此時渾子山麓渡緣寺的梵唱傳了過來，我隱約瞭解了什麼是人生，就毫不遲疑地往山澗跳下去了。（說罷，鬼魂敦實地站著，鬍髯約略地飄了飄）

4 赴京書生

生亦爲曹州人士，我祖先本是達官顯宦，曾祖於則天皇帝時嘗官拜濮州參軍，結媛鼎族，聲價甚篤。後來遷往曹州，家門子弟賢肖不濟，就不再任官了。哦，問我爲什麼把功名看得那般重嗎？山神，祢有所不知，這是我家榮耀的問題了。每臨夜半，生伏案勤讀，慈母總要端茗而來的，已屆中壽的我那母親是要走到我身旁，扯扯我圓綾青布衣，祥和地說：兒啊，不是爲娘的有意要你辛勞，實在是因我們家門衰微已久，你父祇是平凡溫厚的人罷了，若仰賴你父振興家門是有所困難啊，你自幼聰明，天資獨具，爲娘是看得出的，刻刻以你曾祖爲念，他日取得功名，好光宗耀祖。母親說完，嗆嗽數聲，淚含眼眶，便兀自轉身回房去了。山神，這怎麼不令生千棄百慮以志學，孜孜矻矻，俾夜作晝啊！（說著，鬼魂唏噓了兩聲）

果然，生以拙劣之資竟能學而有成，不日便取得曹州舉人，竊以爲從今不再嚮往功名可也。但我母親是望子成龍的，她又說：現在的祇是舉人罷了，我兒，你應奮發爲雄，如果獲擢進士，則可取中朝顯職，擅美名於天下啊！生知母意難違，於是趁那年曹州申送舉子赴京應試，我便隨同一羣舉人趕往京師去了。

就在我同件中，得識一位宼句漢子。據他說，他是以販私鹽爲事，會騎射，喜任俠，且已三度應進士不第，爲人頗曠達不拘，祇是面貌甚是桀傲難看。我們一見如故，攀談甚契，這人就是黃巢了。他屢次爲我說科舉制度之惱人，使他宛如困灘之鮫龍。辭賦是小道啊，同年，而我爲什麼老想不開呢？他這樣地對我說，面色愀然。但我是以君子之道鼓勵他了。登高自卑，行遠自邇，同年，何況大器晚成啊！我這麼安慰他。

話說長安果是繁華殷富，車水馬龍。郛郛城堞，重樓層叠，而王公貴人穿着鮮麗，驅馬擁輦，到處一片笙簫，看不出昔日這裏曾是明皇倉促南都，走避胡患的影子啊。我與黃巢是莫逆之交了，他本爲人收養，不知親父母爲何人寺，手頭盤纏總無贏餘，我是頗有川資的，就不吝嗇地供給他。不覺我們走到長安東門外的一片勝地。

此地風光，地明水秀，傳說那邊有一鏡池，十分靈驗，若逢時機，神蹟卽顯。此時是朝陽燦然，才子佳人，畢集於此，我想起入闈之事，不覺心神振奮。黃兄，黃兄，就讓我倆齊去許願吧。我對着我的同件說。

山神，這不是神蹟嗎？當我對着池面擲下一個銅錢，問我此去入闈的情形如何，鏡池突然升起一片亮光，其明如鏡，上刻：

義理愜當，洞識文律，擢第甲科。

那刻我驚愕非常，不覺投足在地，揖首而不能自已，果然入闈順暢，經策全對，列爲甲科。山神，這不容易啊，當時我是應進士科，策文俱佳是鮮有其人啊，而黃兄依然時運不佳，仍未錄取。他終日沉吟，不發一語。啊，黃兄，切勿以氣挫志，豈不聞三十老明經，五十少進士的諺語，這也一半是運氣啊，至若王希羽諸人及第時已白首了呀！我是如此護慰着他。（鬼魂露出歉然的神色）

這可是人生得意的時候了，在宴會上，與達士共飲，杯觥交錯，彩檻雕楹，簾幃餚膳，此去是人生坦途，鷹揚鵬舉。

生又與黃巢來到了鏡池邊，我們是做最後的一別。在酒樓醉過酒的我是有些站不穩了。一定會有碩壯而雪白的馬走過我家門庭，族人及縣城人簇擁成一團，管絃絲竹，笙簫歌舞就展開於大街中，中解元呵！中解元呵！無盡地喧嘩將大地掩蓋。而就像這樣，我抓起大把的金錢和彩帶往馬下抛，嘩啦啦地，庶民們立即歡騰起來，而我美麗的未來呵！美麗的未來。猛然，池面跳動了起來，我是記得我俯下身看，鏡子又出現了，好明亮呢，上面寫着：

乾符五年，喪於黃巢之亂

喪於黃巢之亂，我猛然收斂起神情來，終於看着身邊的黃巢。

山神，這就是功名成敗轉頭空嗎？（鬼魂疑惑的臉動了動，繼而苦笑了）人生也註定非如此不可嗎？那麼，黃兄，我該怎麼辦？怎麼辦？我終於無助了起來。然而，我們總是莫逆之交。黃巢看看我，然後要我拿出懷中那塊珮帶的崐山寶玉，他說，這是你家獨有的貴重物品，就以它爲記，他日我若造反，你只要拿着它讓我屬下看，我那些部屬必定與兄秋毫無犯。啊，眞想不到，眞想不到，崐山寶玉竟成我賴以繫命的東西了。

回到了家鄉，我對熱烈的慶宴就感到索然無味，然而生亦是深明禮義之人，對於關愛於我的人，亦一一回禮，直等到喜慶以過，我便將此事告知家母，希望能避禍外地，乾符五年過後，我就回來，徵得族人同意，生便連夜地趕往揚州一位親戚家去了。

當時揚州鹽鐵利市，轉運使盡斡利權，凡是從事商務之官員，莫不富可敵國，而我那親戚便是此地判官，家道昌隆。而才子佳人旅羈於此，莫不盛贊揚州繁華，所謂十里長街市井連，月明橋上看神仙，人生只合揚州死，禪智山光好墓田。然而，山神，詩人是到此尋找墳地的，但我可不是，我要活着，要生存！想着，想着，人生功名利祿，凋零白骨，竟是如此虛幻，不覺意志消沉，怠惰懶散。

夜之揚州，嬈媚地展開在一片流水車轂，浮雲樓臺中，我是倦了地和親戚遊賞於夜橋燈火，忽見北街婦人，甚美。她就在樓閣下彈奏胡笳，而我竟也失去了書生本色，流連而忘却我處於何夕何地了。

山神，問我是怎麼迷戀於她嗎？（鬼魂突然羞澀地笑起來）不稀奇吧，山神，那些婦人就是揚州的優倡啊，而果然是優倡啊，我終於賴親戚的引見而賃舍於美人之家，姓蕭吧，她是蕭氏。

那眞是親膩的日子了，你不曾面臨自己的死亡吧，假若你也有幸與生一樣，帶着死神逃難，你就曉得婦人之愛有多可貴了，我們是兩心克諧，情好彌切。啊，相公，只要再度過一刻，妾便足願。這芙蓉帳就是一切，相公，這就夠了，那詩歌嗎？你添的詩歌，我爲你唱給客人聽，每個人都開懷地叫好，而那些胡人，他們竟也擀掌大笑了，就是這樣，相公。燈下，婦人是如此對我說的。最後，我們便結成露宿鴛鴦。呵，呵，山神，這寧非好笑的事嗎？但我是這樣做的，這樣做的。我們終於搬移到僻靜的郊野去，暫在這裏，我渡着逃離災難的日子。

山神，然而，命運就會作弄人。那天，廣州來了一筆生意，我親戚分身乏術，那時我也就動起了凡心。到外面走走吧，我心想，就告訴了蕭氏，我將遠行，暫別一段時日，莫以我爲念。當時我是這麼說的，而那可眞是多情啊，蕭氏噙着眼淚在崐山寶玉上題下令我哀傷地那詩句：

捻崑玉相思　見崑玉相憶

願君永持翫　常念無終極

而後，我收拾行李，竟也感到沉沉重荷了。

到了廣州，我與胡人開始交易，在思念蕭氏及遙想人生當中，就加入了從西方傳來的景教信仰，慢慢沖淡我對周遭事物之幻念。

然而，山神，情感之事若是如此單純就好了，我仍日月繫念在揚州的蕭氏，不禁爲我的唐突別離而悔恨起來。子夜，我捻燈徘徊室中，頓覺悵然空虛，而慢慢覺得蕭氏在我苦難生命中所佔的重要地位了。

此時，恰有熟識於揚州親戚家裏的友人到這裏來，他往返於揚州及廣州之間，做明珠的買賣，我只好託着他。吾兄回到揚州去，切記代我傳話蕭氏，這兒有書一函及貴重物一包，吾兄就交給她吧。而我們的關係就賴着這位友人的幫忙。山神，爲什麼那蕭氏的信會那麼親暱，就像她就在我身邊似的，就像在我懷中，那絹帕上的筆觸是如何扣動了我孤寂的心弦啊。

季換節移，終於我趁着交易完結，匆匆地趕回揚州了。揣懷着崐玉，未等先回親族宅第，我就趕到郊區小築，揚州此地，依舊是風光甚麗，草木榮華，而那閣前的牡丹依稀絹紅，西廊側壁的我題詩句，仍是傳情動人。啊，蕭氏，娘子，我們就要重逢，興奮的心情令我脚步越是快捷，果若人間有離別之苦，那麼此刻是相聚之樂了，生離死別，悲歡離合，我之生命，竟是如此。

（鬼魂不禁笑得很癡）

然而，山神，爲什麼人間不能無恨！（鬼魂猛然激動起來）是多麼令人心碎啊，就當我走進深閨，發現娘子帳前多出一雙胡鞋，我掀帳一看。啊，山神，世間還有比那更令人心痛的事嗎？裏面正是我那託信的友人和半裸的娘子了，還有比那更罪惡的胴體嗎？它，她就驚惶地抖動在那兒，春色簾幕透過了陽光，我猶能窺見窗外揚州滿處的鶯飛草長，而那婦人的體態是細嫩美麗地令人迷惑了。相公，此去廣州，你得好生照料自個，來自，妾身爲你傾酒洗塵，妾身一切都屬於你。臨別之夜，這婦人是這麼說的。而那友人爲什麼如此害怕啊，一定爲你代達，吾兄之意，弟豈敢疏忽，友人的臉在每一次轉達魚雁時總是那般誠摯啊！他們才是眞正的黃巢，他們才是眞正的黃巢啊，就在那刻我看罷了人生的眞相，猛地，我解下了崐山之玉，將它摔成碎片！呵，呵，什麼是相思?!什麼是相憶?!

我又趕回廣州，盡心做生意，並把靈魂交給神。乾符五年，黃巢終於降臨廣州，大殺外敎徒十二萬，而我竟不流一滴淚（說完鬼魂的臉很冷淡）。

5 慈雲寺小和尚

我沙彌也是被黃巢所殺的，是他親手所殺的，但我已決意不怪他了，怪我自己，怪命！（和尚澀澀地苦笑）我本是河北人寺，因敬宗以後，藩鎭猖狂，目無法紀，我那全家族陸續被殺，只留得我小和尚一條命，便迤邐乞食到寃句縣城來了。哦，你是問我爲什麼當起和尚。這不是問題吧，我沙彌不必冠冕地說，我也像山神爺懷有引渡衆生的大志，不過是苟全求活吧，至於效仿玄奘法師，我倒也有那種想法，但那不過偶爾飯飽以後的遐思了，多半是肚子太漲引起的不實妄想，我只求全命，只求全命。（鬼魂怕說錯話不安地笑着）

慈雲法師，你一定認識他吧，是得道高僧，就是了，他是我的業師，當初我穿了一身破爛而來，揚着枯柴般的手向寺廟求乞時，我業師是動了慈悲之心，可憐的生靈啊，爲什麼你們的痛苦總是無窮無盡呵！慈雲法師是一面唸着阿彌陀佛，一面如是說着。隨後我就被收留在寺中。人要知足，只要知足，就會有常樂，苦海無邊，佛渡有緣，我小沙彌有緣忝列釋門，這就夠了，這就夠了。曹州就要大亂，弟子們啊，曹州的刼難就要降臨，趕快爲衆生禱告，免除他們一些災刼啊。法師是時常說着的。但我們是挑水劈柴，誦經鐘鼓，也管不了天下大亂或不亂了。

乾符二年夏天，就在那炎炎的日子裏，寺廟外突然來了一位窮書生，人倒是還懂禮節，但就是面貌不善，一身粗布衣，很像歷盡風霜似的。他要求出家人給他方便，聊借歇脚，我們當然是慈悲爲懷，替他卸下書擔，就引他到內側廂房中去。誰知，我那師傅一見此人，頓時瞿然震駭，頻頻施禮。施主呵，待慢了你。待慢了你。竟把那憔悴的書生接到他禪房去了。

山神，這不是很可怪嗎？我沙彌侍候師傅已有數年，慈雲法師向來對人禮節周全，但從沒有像今天這樣啊，你沒看見我師傅在刹那間竟變得那般畏縮起來，語音竟是如此般地哀切，像是面臨着大災異一樣。

施主來得是時候了，是時候了，你準備在此地起義吧？我和尚等你等苦了。夜底，我在禪房外爲師傅及那客人煮茶，隱約聽到師傅是這麼說的。我隔窗看去，那書生的影子映在紙上，略略點點頭了。那麼我和尚就將寶劍和那本八百萬人的名册交與你，了却我和尚一番天命，切記莫多殺無辜啊！我師傅又說，語音沙啞，竟使我想起，家人被那些亂民殺害時的父親哭聲來。

我沙彌不禁疑竇叢起，次日早課完畢，我三脚二步地趕上了走往後殿的師傅跟前，師傅啊，師傅，弟子有話稟知。然後就問起昨晚之事。那慈雲法師馬上變了臉色，好久才恢復鎮定。是這樣啊，弟子，昨日來到的那書生就是黃巢啊，他將殺人八百萬，在後殿裏我保存那本名册是一個也不能倖免。寃孽呵，寃孽呵！師傅連連嘆道。我一時更覺怪異驚奇，竟懇求師傅讓我一窺名册。然而，山神，這不是自作孽不可逭嗎？我竟然在名册的前幾頁找到了我沙彌的名字。（說着，沙彌苦笑）師傅，您得幫弟子解脫此一災難呵！師傅！我不禁跪在那法師的前面。努力去服侍他吧，待日後你肯求於他。諒黃巢亦不爲難於你。說罷，我師傅就朝禪房去了。

逃得了河北之災，竟要死於黃巢之亂，一想到人生際遇，我沙彌竟變得悵然惶惑起來。不禁爲生命暗暗焦慮，對黃巢盡心侍候了。

時日推移，廟裏不停往來許多奇怪漢子，看來不上把月，黃巢就要在此起義。我沙彌還是趕快告訴他好。施主啊，施主，你是要謀大事了，我沙彌只是一個鄙夫，身捨沙門，竟註定要爲施主所殺，祈能高抬憫憐之手，念我沙彌服侍之情，饒得一命。我沙彌就跪在黃巢跟前，如搗葱般地磕着響頭。也罷，就讓你先逃，我意決往東方南方發展，你且往北方逃，一月之內，尚不發兵，能否保你命，就非我黃巢可決定了。當是，他是這麼說的，他是這麼說的。

還有比生命更寶貴嗎？山神，我沙彌就漏夜款好行李，收拾家當，拜別師傅、黃巢，就往洛陽、長安之方向，匆匆而去了。逃，逃，我是曉行夜宿，不敢稍停，只要能活命的地方就奔去，亦不知此去命運如何。終於我來到了一處市鎭。由於遠途跋涉，甚是勞累，便在一家齋堂，歇脚下來。但山神，那就是命運之轉捩點了，就在我用齋完畢，起身掏出銀元之時，方才置於懷中的銀元不見了，我沙彌是省吃儉用的，掉錢無異是自斷前途，正急得滿身大汗時，我方察覺，銀元袋就握在我自個兒的手上。那瞬間，我不禁靈光一閃，最近危險的去處才是最安全的去處了！我要回去！我要回去。

終於我又偷偷潛回寺廟，把食物搬到廟前一棵古榕的大樹洞中，匿居在那裏。可不是嗎？無論如何走，也走不出中土吧，此刻北方不殺，他日亦將被殺，與其無一處安全，不如在自家小廟安全，只要黃巢一去，就安然而無一事，將來黃巢總不會搶殺我師傅的廟宇吧，想到這裏，我在樹洞中不禁生機勃勃起來。等黃巢離開！等黃巢離開！

就在那天，起義之軍畢集廟前，我沙彌在大樹洞中是聽得到那叫嘯聲的。

祭劍啊！祭劍起事啊！

突然有人吶喊起來，啊，多半是我那師傅把那口劍授給黃巢吧。

義軍一本仁義，不殺無辜，今不斬首祭劍，且以庭前這棵大樹代替了！

就在那刻，我頓感亮光一閃，一陣熱血直冲我的腦門，便昏厥過去，我想我沙彌那顆頭顱多半和樹幹滾向廣場中去吧！（說完鬼魂默然低頭）

6 蘄州盜寇

什麼？我罪有應得，山神，你這麼說未免太宿命了，成王敗寇呀！歷朝的開國之君，誰人不是謀反起家？誰人不是篡奪犯上呀！只是時有未濟，事有不成而已。人雖是宿命，但旣身爲人，就得與命運相搏鬥啊！勝之我幸，敗之我命，何用愁麼，何用憂？這是我的人生觀了，這是我的人生觀了！（鬼魂說着，挺起強壯毛茸的胸膛，豪邁地大笑起來）

我本是河北人寺，祖先曾在高宗朝時遠征西突厥而立下戰功，後來受封於河北一帶，家族便遷移到此地來，門庭顯赫，傳至家父時，雖族輩分散，稍有衰象，但仍是家道富足啊！而你曉得，文武傳家，正是我族本色。

那陣子，藩鎭可鬧得凶呀！那些干紀武人竟然擅自宰制地方，縣城裏公然實行宵禁，明令百姓夜不點燈。我本任俠好義，嗜酒使氣，眼看這種就要大亂的時勢，不免令我義憤塡膺，怒不可遏。這且不去管他，我仍累積巨產，養豪客。不瞞你說，我是頗有孟嘗、春申之志。

就有那麼一天，命運指使着我，重披祖先久不使用的戰袍，開始軍旅的生活。那時河北軍人瞭解我的才情，因此就使人到我家來，要求我任河北軍裨將。我兒，人不能無大志啊，應效鵬鳥振翼，一風千里啊，男兒功名在疆埸，若得馬革裹屍，亦屬無憾。我那老父在堂上是如此說的，當時祖先神案上的香燭何其猛烈啊，而我男兒的熱淚竟也揮洒而下了，終於我到了平盧，統領一部份的淄青軍。

此時的河北三鎭，歷經武宗、宣宗的討伐已經慢慢衰微。而我在此地與這般無識的武夫鷄鳳一阜，就覺得無甚意思了。於是想起我那些弟兄會聚一堂、酒酣耳熱的日子來，不免對一無大志的軍旅生涯暗自搖頭。山神，所謂江山易改，本性難移，我就又召來那輩朋友，在宅第中，庭院裏飲酒高歌起來，閒情逸志，暢遊不拘，敝院中枝幹修密，淸陰數畝，我眞的不類於那些軍人了，不類於那些軍人。

時當懿宗九年，朝廷命下，要淄靑一帶軍人數千，趕往桂州平亂，那裏的戍兵因不滿朝廷待遇而反叛，我說，大人，這不過是朝廷中那些宦官搞出的大禍罷了，那個奸臣魚朝恩才是禍首，叫他發下糧餉不就安然無事。我是如此地告訴我的長官大人。這你不知啊，兄弟，目前容不得我們再擅權跋扈，我想還是去吧。我的長官是這麼說的。天下竟有以軍人制軍人，軍隊互相殘殺的事麼？我是曉得事情的嚴重性，大人，但是我還是不贊成的。當時我對長官的怯弱不禁鄙視起來。什麼？你說這是缺乏武德的犯上，山神，什麼是武德？這我不懂了，那時代裏，軍人是要勇猛戰鬥，而不須武德呀！

喝罷了酒，我又和弟兄們走到淄州之縣城來，大街小巷是一片熱鬧，兄弟，男兒當立志呵！生命如浮雲逝往，吾人當揮鞭直抵燕然山，氣吞塞北陽關月，莫負我們的靑春年華呵。他日我們容或把起酒來，蹲坐幕幄中，把手指劃過那張局勢圖，天下便被瓜分了，這樣激勵着，我們不覺來到了街角一位問卦的道士前面。

高人，你會算命吧，那麼看看將來我的前途如何？我一時興起，竟問起卦來。那道士揚了揚拂塵，燒了香，猛地搖響籤筒，抽出了一支被歲月磨得光亮的竹籤，卜了卦。突然那道士變了臉色。大人，你此去，揚名天下，頗有霸主之姿，惜乎乾符三年死於黃巢之手。

死於黃巢之手，就在那瞬間，我楞住了，果眞如此嗎？那命運是對我太不客氣，山神，你說這就是命了，（鬼魂收斂他的笑容，嚴肅起來）黃巢殺我，呵，呵，這眞不可思議，那麼這人必定高我一着，不在我之下，不必他來找我吧，就讓我去找他，我去看看他。不想這預言竟激起我雄心萬丈，氣宇干雲。而山神，你還迷信什麼是死的命運嗎？還迷信那一文不值的東西嗎？

時值我那大人硬要派我之部屬趕往桂州。不去！我當時大怒了，拍案叫道。當然我是喝些酒。你太懦弱了，太不重用了！我又叫嘯，然後携着我的弟兄，往東到蘄州去了。

我剛到蘄州，人地生疏，雖是携來不少金錢，但揮金如土，不久生活便困難了。起初在陋巷幫人打雜，聊爲求活，得識蘄州的豪俠義士。山神，人生的白雲蒼狗，富貴豈能常有，吃苦算得了什麼嗎？和那批人物聚在一起後，我仍是很辛勤地工作着。但就爲了仗義執言，我在酒醉中抽刀殺死了一位不識人生三昧的公子哥兒，這頂平常吧，他欺壓別人，總要被別人所殺，無非很自然的事吧，但是那人竟是當時蘄州刺史裴偓的親人，這裴偓竟假公濟私，不問是非，派了捕役，訪查追尋我來了。當時蘄州甚貧，窮人勒緊肚皮呼天搶地，野有餓孚，壑有屍骨，我看看此地要亂了，便與我那些弟兄，召集貧民，招兵買馬，便在燕子居山上，據地爲寇了。什麼？訓練我那批手下，自有我的辦法，打仗是我家傳法寶，進退有節，賞罰分別是我一貫的作風，而我那些弟兄依然與從前無異，豪放地令人可愛了。啊，我那兵馬是足以抵得上裴偓手下那批百萬的殘兵敗

將了。（說着，鬼魂得意地格格笑着）

時值乾符三年十二月，我飲酒於燕子居山寨中，猛然稟知外有訪客，我是驚異於或許家鄉老父派人來譴責我了，慌忙下到堂前，原來是王仙芝遣人送信而來。他是什麼人嗎？他就是起義於濮州濮陽縣的一股匪寇，自稱是「天補平均大將軍兼海內諸豪都統」，這不是很響亮的官職嗎？（鬼魂幽默地笑一笑）那股盜匪終於由東方轉戰到濮州來了。他要我與他合作，共成大事。人是孤掌難鳴，無黨不立，當下我就決定參與他的帳下了。

而你說還有什麼比這事更湊巧的嗎？山神，就在幄幕中，我竟認得了王仙芝的一位得力部屬，他就是爲我遺忘已久的死神——黃巢。這人看來果然是一身霸氣，粗壯結實，只是面貌不好看罷了，却頗通書傳，言談有禮。我們攀談甚歡，據他說，他是在寃句募衆響應王仙芝起事的。就在言談中，我已立定主意，須先下手爲強，我將殺了他！我將殺了他！

是什麼驅迫着我如此賣命地去攻城掠地啊！每當我帶領了手下，跨着白鬃青駒奔離營地，我總會浮起氣奪山河的豪氣，一搶刼總會滿載而歸，你須勝過黃巢，你須戰勝過他！我的內心是如此喊着。那些金銀珠寶的數量竟也使王仙芝大爲驚訝了！哦，燒殺搶刼果眞那麼背於天理嗎？山神，這你就不懂，因爲你是山神，不是死神。不會的，人類只是萬物造化中的一員罷了，與草木是沒有兩樣，人類看見的生老病死，榮枯繁滅，只是一種虛有情感的幻像罷，情感、情慾，才會使你喜怒哀樂，拋去它，你就一無阻礙，直趨人類本來眞面目。人類痛苦災難只是自然循環的寂滅現象，是自然然的，只是宇宙循環、宇宙進行。這就是我建功立業的道理，人生的道理。我殺人是不會有什麼感覺的。我想黃巢也懂得這些，也懂得這些！（鬼魂顫動了強壯的軀體縱聲狂笑）

這時我們可對蘄州城攻打得急，王仙芝的帳下王鐐這位書生終於致書給斐偓，叫他開城迎降，啊，城開那天，我們是如何得意啊，我和黃巢、王仙芝並騎而行，縣民大呼萬歲，我們三人眞是不同昔日，獨霸一方了，這軍隊這縣城全歸我們三人所有了。但那時王仙芝竟起了貪圖榮華富貴的心，叫王鐐上表到京師去爲他求官，我是有些不高興了，當初我們的想法不是這樣的。

啊，弟兄，黃巢近日總是沉默不言，我曾聞說，他有反叛我的意思，今夜在慶功宴裏，你爲我設下埋伏，將他殺了！那天，王仙芝來到了我帳下這麼說。殺了黃巢！我不禁爲之心動，時機不是來臨了嗎？這個命中註定殺害我的人，就要死在我手下了。呵，呵，什麼預言，什麼卜卦，我不信那一套！好吧，酒過三巡，由你示意，我立即喝令手下，將他劈了！我是這麼說的。

十二月，天氣酷寒，外面雪片紛然，簷角迎着朔風呼呼作響，但大府衙裏一片張燈結綵，笙簫歌舞。斐偓那批官人竟也與我們喝得大醉了。

感謝皇上聖明，封草民爲左神策軍押衙兼察御史，感謝皇上洪恩呵！

王仙芝在酒醉中竟也大叫。座上衆人都喧嘩起來。

住口！這豈不令人痛恨嗎？你這食言背信的豎子，當初我與你是立下滔天大誓，橫行天下，不想你今日貪圖富貴，獨自官拜左軍，五千名的弟兄，他們將歸往何處！給我一些兵士，我再不留此不義之地！

猛然，那個黃巢奮力站起，咆哮上來，舉起鏤金酒杯，摔擲出去，擊中了王仙芝的額頭，血立卽沿着他的臉部滴滴墜下。羣衆在瞬間寂靜了。可曾看到那動人的一幕嗎？就在那瞬間他站在那裏，傲氣凜然，氣吞環宇，衆人爲什麼一無聲響了呢？是被他震懾呢？或被他感動了。那刻我竟也爲他而惺惺相惜了起來。直到宴會散後，我不說一句話。當然，我是放了他！

逾數日黃巢派人邀我到他帳下。英雄剖心相見眞是恨晚呵！我談起王仙芝之好求功名，竟也唏噓不已。啊，吾兄切莫以我在宴席之唐突爲怪，這不過是義氣之爭，不過義氣之爭罷，黃巢這麼說，然後端起酒杯，與我交觥。但山神（鬼魂猛然忿怒起來），就是那杯酒了，我不疑有他，一飲而盡。明日，我就向東去了，你的部下已答應跟我走，這是一杯無痛苦的毒藥吧！黃巢說完就離開帳幄。而我兩眼一黑，便什麼也不記得了。山神，黃巢竟如是殺了我！如是殺了我！（說完鬼魂咬牙切齒）

7 幽州列女

但是，山神，在那刻裏，是多難以抉擇啊。可不是嗎？人類的一切痛苦都來源於抉擇了，我婦人家是橫不下心，妾身只是個弱女子啊，而他是我唯一所瞭解他的人，他是我丈夫啊，哦，你說我也曾是巾幗英雄，但，山神，英雄在戰場而非情場，我只是個女子，我只是那罪孽丈夫的妻室罷了。因此我只好自殺！只好自殺！（說着，鬼魂的杏眼紅了起來）

我本居幽州，父親姓曹，家蓄巨產，因向無意功名，便隱名商賈間，往來江湖，當時識得許多聞名人士，就是幽州大藩鎭張直方也還是與家父來往頗密。妾身自幼跟隨家父奔走水陸，也略懂江湖世故。行年十五，妾身便許配於瀛州俠士任子胥，只是尙未正式迎娶罷了。子胥與妾父甚是深交，負氣重義，交遊豪俊，並來往經營江淮一帶的貿易。每逢我們三人連手外出，便是天倫之樂了。何時迎娶啊，子胥，我女兒可不能空待閨中，人都等老了。父親泛舟在江上時，總是飲着茶如此說。還早吧，老丈，女孩人家還小呀！她是我敬愛的妹子，我會照顧她的。子胥總是笑着回答父親。山神，女人家不能無夢啊，在那刻裏，妾身總會想到來日美滿的生活，不禁眺視茫茫淮水，而兀自笑了上來。

乾符五年，妾婦三人來到宋州襄邑，三月早春，天候還是料峭，却看得出那梨花已經發出了嫩芽。當時的宋州雖然是兵禍常生，但我們是江湖買賣之人，倒也不去顧及他了。

在市集下了榻，我們是甸懷着滿心的幸福，漫步在縣城的街道上，不覺來到了一處江湖賣藝的小攤旁。這時圍繞在周圍看雜耍的市民眞是人山人海，吆喝的聲音不絕於耳了。場內的主人看來是頗爲莊重，他披着道士衣裳，案上擱了一把劍，春之陽流洩在他前額，童顏鶴髮，隱然有飄飄風骨。他作了揖，舞了一回長劍，觀衆便喝采大叫。我們是眼明人，看得出那是不同凡響的一套劍了。

那道士卸下了峨冠，在周遭繞了一圈，山神，這寧不是很怪嗎？就在那道士走到我跟前時，變得駭然起來，滿臉抽搐着。隨後燒起了一柱香，將一張讖緯遞給我們。那上面赫然寫着：

黃巢之亂，刼數難逃，速往北避禍！

當初我們是聽說過的，有一股匪寇進入襄邑，但那只是饑民爲盜吧，只要提高警覺，就會無事，何況我們江湖之人，涉危履險乃屬平常。四月初我們出襄邑，泛舟而行，却不料在水陸上碰到一股匪盜，童僕數十，悉沉於江，我父及夫婿在力戰中亦被殺害，金帛盡掠，不餘一物。妾身漂流水中，遍體鱗傷，爲他船所救，竟得全活。這不得不令妾身肝腸寸斷了，這就是人生嗎？山神，你的幸福，你的未來，就在一夕中付諸流水嗎？而我女子人家是何其命運乖違啊。但就在那時，我得識一些家父江湖故友，經再三勸慰，我頗能面對悲慘的人生，慢慢地我想起要代父代夫尋仇了。

八月，黃巢攻杭州，九月進克越州，擒浙東觀察使崔璆，又東趨福建，十二月克福州，這萬惡的匪賊眞是愈加猖狂了。我聞說他想南下攻入廣州，便連絡江湖豪士以及商人巨賈共同抵抗，並勸說當地的胡人及外敎信徒，想自保防禦，無奈匪勢熾烈，乾符六年，嶺南東道節度使李迢，竟然被賊人所捉。黃巢竟自稱「義軍百萬都統兼韶、廣等州觀察處置等使」，我脫去了珠綑翠衫、金薄丹履，身着勁裝，竟也成一翩翩男子，傭保於江湖間了。

隨後，黃巢又行北上，到廣明元年，頗有進逼京師的氣勢。我聞此消息，便又匆匆趕到長安了。

那時，我想起以前家父的舊好張直方大人，他是京城金吾大將軍，聲勢顯赫一時。妾身毫不遲疑，投靠他家，冀圖勸說伯父，爲我父夫報仇。啊，賢姪女，妳女子人家有所不知，方今天下大亂，每人只求自保，伯父那有這種能力代妳尋仇，一切都是天命，都是天命啊。張大人拊几嘆喟地說，一生曾歷榮華富貴的他的臉，竟也顯得如此疲憊了。伯父，小姪不敢有求其他，但望我能見那賊子一面，唾罵於他，則小姪女的宿願足矣，死而無憾了。我是這麼說的，不禁悲從中來，失聲痛哭（鬼魂的眼眶滾動着淚珠）。

廣明元年十一月十七日，黃巢攻入了洛陽。二六日又下潼關，白旗漫佈山野，聲呼投降，震動山陵，也震動朝廷了。逃難啊，逃難啊！長安一片大亂，車馬交馳，人心惶惶，十二月五日，僖宗便偕同田令孜，西走蜀中而去了。唉，把這一切留與我老漢來收拾吧。那天，伯父這麼地歎道。晡時，我伯父便率領在京的文武官員迎接黃巢的叛軍於灞上。

那可就是盜賊嗎？就在那時，我望見黃巢坐在一頂金黃的大輿轎，後面跟着一批銅轎，那些賊兵披頭散髮，約以紅繒，而那排兵衞竟是繡袍華幘，十分整齊，甲騎如流。入春明門後，坊市的人都來觀看。那些賊人看見窮人竟相互贈予，這眞令我弱女子驚奇了。

黃巢入京後的長安竟然宴息無事，繁忙依然展開於大街小巷中，而被佔領的宮廷可就熱鬧了。慶功的笙簫喧天，而匪寇們與我伯父竟大飲於僖宗出奔後的宮中。鹿舌炙魚，桂糝鰞條，各色味辛，應有盡有，唉，山神，這就是朝臣呵，這就是一般亂臣賊子了。我弱女子感喟起大時代的沉淪，而人性的醜惡至於如此。不禁緊緊拉住我伯父的手。

叫那娘子彈彈琵琶，或者歌舞歡唱吧。

一位黃巢的裨將突然指着我，大叫了，他的酒是已有八分吧。

住口，你這賊子！

妾身非常生氣了，我霍地站起身來，怨怒地盯着他瞧。

呵，不得對女人家無禮！

黃巢喝令一聲，頻頻向我伯父施禮。他是很懂得理虧了。（說着，鬼魂不屑地笑了笑）

山神，問我怎麼嫁給了那黃巢，這就是開始了。我終於經伯父的一再撮合，而獲寵於他。我便是那長安聞名一時的黃巢之妻曹夫人。這是命運了，山神，我從未幻想過會如是成爲仇人之妻，而那寃家也永遠想不到，他一生罪惡的生命將會喪在我手中。美人計嗎？噢，山神，我不是美人，我只是一個江湖匹婦吧。想着人生際遇，宛若天上浮雲，而過去未來竟是那般難以捉摸，今妾婦千頭萬緒，無從算計。就在左衝右突中，弱女子稍感風寒，不久竟病倒了。

是報仇的時候了，臥病閨中的我更清醒地思索起這個問題。趁那寃家尚未發覺時殺掉他吧！子胥，何是娶她啊，你倆可要好好生活呀！父親生前是常這麼說的，而子胥的臉一逕是那麼癡，看着我就像看着他的至寶似的。父親，子胥，你們死得寃枉，女兒會爲你們報仇，爲你們報仇！在父夫的靈前，我的血淚是何等鮮紅啊。殺了黃巢，殺了黃巢，於是我把尺長的利刃藏於繡花枕中，那是我拜別世伯時，央着名匠爲我打製的。

然而，山神，那寃家爲什麼那般地令我迷惑呀！每當他與我談話爲什麼總是那般溫存敦厚啊！夫人，夫人，他焦急地握握我發燙的手，低聲地說，然後一把將我抱在懷中，這豈不令人難以置信嗎？一言能斥退我那凶猛裨將的夫人，竟會爲風寒而羸弱地像小女孩，寃家是在取笑我了。我不發一語地偎着他瞧。娘子，你道我的大業如何，經年苦戰，終於有了出頭的一天啊，娘子，這眞是大業。寃家是有點狂氣但却從未誇口。爲什爲要殘害那麼多生靈，爲什麼得燒毀那麼多財產。我眞不懂！想起我那寃死的父夫，我心裏是有些惱怒了。夫人，妳婦道人家是不懂這些的，那不得已啊，只是計劃罷了，他日我若能取得天下，定叫他們安享太平，夫人，喏，你摸摸我的心肝，我是深明聖賢之禮的書生呵！我不會違背良心的。寃家把我抱得更緊了，他在討好我。啊，相公。那夜裏，我們談得多美，徹夜沒睡，而我們彼此瞭然！彼此瞭然。

十二月十三日，黃巢在含元殿卽位了，國號大齊，改元金統，悉陳文物，降旨宣赦，三品上停任，四品下舊位。我封我爲皇后。唉！我竟會是皇后。

時光荏苒，而我始終下不了手。妾身是徬徨迷惑了。殺他吧，但我何忍下手？我是深深瞭解於這個寃家啊，而他爲什麼總是如此地關愛着我。一切都聽着我。父親，子胥，你們就賜給女子復仇的勇氣吧！

機會終於來臨，有龐勛部屬諸葛爽率領代北的兵馬來降，黃巢授他河陽節度使。軍容更盛，我那寃家在勞頓及雀躍中大病發作，全身抽搐，昏倒在宮中。娘子，娘子，不要離開我，不要離開我！當他昏迷之前一刻是對着我說着的。而此刻寃家竟是那般軟弱地倒在妾身的懷中，可曾看見過那種無助的人兒嗎？他的豪情，他的獨特剛毅呢？殺了他吧！這是千載良機，就在妳眼前，只要妳伸手過去，父夫的仇隙一筆勾消，妳便是千古長傳的烈女了，永垂青史的烈女了。然而，山神呵，我爲何下不了手呢？爲何我還遲疑呢？夫人，我爲妳購得麒麟錦袖，鸚鵡繡裙。不很貴重，因爲我沒財富，但能表我心，就是這些，就是這些。那夜寃家匆匆地跑進閨房，捧着衣物是這麼說，像無邪的小孩呢！唉！寃家。寃家！父親，父親，你就原諒女兒不孝吧！黃巢不是什麼大人物！他只是一個人罷了！一個與女兒苟活在世界上的人罷了。

山神，一直到那寃家自刎前，我仍陪着他的。山神，我是他妻啊！我們命運相共啊！請帶我去領罪吧，爲我的不孝。（說罷鬼魂拭去了眼淚）

虛妄的人

1

一九七五年八月，我提着行囊來到一個濱海的小村，早晨的陽光潺潺地照在這裏，風呼呼地吹動漫地的木麻黃，我下了小火車站，便聞到濃郁的魚腥味，這裏的房屋矮而低窄，像是一個個窮漢佝僂著身子躲避著風沙，村裏的人都瞇著一雙紅火眼，粗嗄著一腔漳州音，我走到站上的臺階，便看到許多人用着一雙焦黑的手推著粗重的牡蠣，他們都是黑而乾瘦，像一種苦役的鬼怪推動着無奈的、宿命的石磨。站邊有一座日據時代的防空壕，上頭長滿了很硬很野的雜草，它是被時代淘汰的棄婦，蹲在那裏，瘋了，錯亂了。有一羣麻雀在細硬的電線上跳躍著，它們的啁叫聲荒涼尖細，有一大堆的小孩便拿着石塊和貝殼在那邊叫跳，他們都喊：「錢啦、錢啦，這個錢給你。」說着，叫著，搶成一堆，我走前去看，才知道裏頭坐著一個赤裸上身，蓬垢着臉的漢子，他有一雙枯乾細長的手，特大的頭顱，身邊放一個小盒子，裏頭只有二個五毛的硬幣，這些小孩原來是圍着他玩的，但是他彷彿睡著了，靜定地在那裏，大約是長久生命的折磨已使他肉體硬化了，靈魂也消逝了，如今終於和小村的一些物體同一，變成此特出的風景。我一邊按着腰部的疼痛，一面瞿然起不定的命運。

我是要到這裏的國中任教的，當時我祇爲了「潮聲」這個名字好聽便添了志願，學校便委派我到這裏，我沒有想到這地方是這樣陌生與隔世。但我目前渾身是病，醫生說我肺結核又有尿毒的危險，活下去的機會祇是五〇％，加以我踏出校門後才瞭解以前的抱負都是不能實現的，在學校我也奮鬥過一陣，但最後終歸是無用的，我找不出什麼才是人生的眞意，現代的人活下去祇是活下去罷了。因此我若死在這個偏僻的小村，我還是願意的。

在一個小房子的旁邊，我停下來，一家人正圍著剝牡蠣，我一面點頭一面問路。

「你說潮聲國中嗎？」一個老年人便仰起他黑褐皺紋的臉向著我，他的下巴長了乾硬的鬍鬚，看上去有幾分的凶惡：「嗯，你去那裏幹活的？」

「是的。阿吉桑，我剛到貴地，不知道路徑。」

「好，你是外地人。」他忽然很嚴酷地瞧着我，打量了一會兒，大約看我一幅病入骨肓的樣子，便不客氣地說：「我願意告訴你，那裏的教職員眞是混帳。」

懾於他侵逼的語氣，一時間我便十分畏縮起來，像祇被踩在脚下的蟲豸，我只管說：「請您指點，請您指點。」

「嗯。」他又警告地說：「我跟你講，不論你去那邊做什麼，橫豎我們將來也不會聽你們差遣的，我們全村的人都是講道理的，到時一定會與你們爭論一番。」

他於是舉起一支很像指標的黑手，伸向前方的道路：「往前一百公尺，繞過拐彎的文武廟，沿著魚塭走，碰到一座橋，往前五百公尺。要半個鐘頭，你走得到嗎？」

「謝謝，謝謝。」

趕忙行了禮，我便又提着行李往前走。但猛然間我想到他最後的一句問話而納悶起來，「你走得到嗎？」他是這麼問的。

這地方顯然是海埔新生地，視野裏一片平坦，可以瞧見靠海的那端有著整齊低矮的防風林，屋宇是三三兩兩零星散佈的，看起來格外荒涼，但它就一如海洋的特性，潛伏的、寂聊的、單一的。由車站走到學校的這條路比較不那般荒廢，沿路興築一些草率的小屋子，間或蓋一兩間寺廟，隨便搭就的攤子有些人在交易，路邊毗鄰的都是魚塭，養殖鰻魚的輪機把水花高高地揚起在空中。然而，這條路面卻坎坷得可憐，長久海風的吹刮，使得土壤全部消失了，一顆顆的石頭暴露在上頭，好像一顆顆無人理睬的顱骨，我顫顫地走着，不時地絆著脚，我逐漸感到神經痲痺起來，肩背漸漸地有些抽搐。

老天，我身體眞的脆弱到這種地步。長久來我一直不去管它，現在彷彿愈發嚴重了。這是大學四年的累積，我自己都覺得罪有應得，是理該如此。

回想大學時期，那眞是一場荒唐的夢，當初考試時我也並不是沒有一番憧憬的，但考上後，我才發現我唸錯了系，我喜歡哲學卻唸了教育，而且大學也巒不是我所想像的那種東西，愈唸便愈覺得喪志，一大堆的教育統計理論把我的頭腦搞昏了，我感到我愈來愈深入學問的迷宮裏，慢慢地變成不能自拔，我是一個喜歡怎麼生活就怎麼生活的人，嚴謹的存在方式是我所畏懼的，有幾次我冒着被開除的危險離開學校去謀生，幹過一陣板金工人，又在一家地下旅館當跑堂，但是回到學校後，又重新陷入環境的泥沼裏，我只好用打牌、抽煙、喝酒、縱慾來打發這段青春年少的日子。比起他人，我是較少抱負的，所謂較少應該是指我沒有一般人那般強的驅策力，即使有也都是很懸空的，許多人在沒有畢業前都通過高考、留考，但我始終沒有跨出一步，我是疏於行動的人。最後我發覺自己愈來愈蒼白、無根、漂泊、顢頇、無力，終於開始染了病。而這些彷彿我都不懼怕的，一開始我就認爲這樣也是一個人，起碼是一個很奇特獨一的人，何況我畢業以後就能在教育界謀一個職位，好歹吃不飽也是餓不死的，我只要順從自己的意思活下去吧。但也就在我有這樣一種想法的時候，另一種「疾病」却降臨到我的身上。

如果它能稱爲「疾病」二字的話，我倒是願意的，因爲現代的病除開癌症以外，都是可治療的，但它是無可救治的。我記起它的來臨是這樣的。

有一次我們參觀了一家國民中學的教學示範，爲了名譽起見，那家學校很早就派人到學校來接送我們。我曾在前一天熬過很苦的一夜，又喝很濃的劣茶，到了那家學校後血脈就整個錯亂起來，我感到身體內滯流着很濃的液體，全身的肌肉都高度地發起燒，胸部和腰部直發疼。示範上課的是一位挽著高髻的優雅女士，牆壁四周掛滿日本南京大屠殺的照片以及南越流亡圖。那位女士開始敍述着近代世界的不幸，要聽課的中學生記著整課的細節。那女士一開口就有兩排整齊銀亮的牙齒，笑起來便閉著嘴唇，頰上就會留下很深很甜的酒渦。開始我沒有注意到她是那麼迷人，等到我發現她充滿魅力時，她已高聲如指控，她說：我們是貧窮落後、髒亂的國家，是白種人的負擔，在近代史上是可憐的，被壓迫的，被遺棄的種族，我們沒有自己的天地，我們的存在是滑稽的，她一再地指控、指控。聲音便刺進我即將爆裂的頭腦中，我猛然發現教室的景物好像都流動了起來，那些圖畫的景象一幀幀跑過我的眼前，我看見那女士頃刻間陷入一片迷離中，我的肉體達到極端地疼痛，汗便沿著額頭涔涔地下了，我趕忙跑出室外，想證實我看到的都是不眞的，但是我也發現整個國民中學的建築都在金黃的光圍中隱逝了，彷彿一座不可觸及的海市蜃樓，我只好抱了頭蹲下來，萎縮成一只蛹了，許多人都跑過來，而我的全身開始痙攣。

之後，我便感到苦惱，幾次看醫生，當我提到這種病時，他們都笑我太敏感了，醫生都說我腦波沒問題，重要的只是肺病和腎臟罷了。我起初也以爲沒有大礙，後來又發生了幾次，我就覺得嚴重了，要是眞的世界都像我所看見的那麼迷離，那麼不知道我將會怎麼樣。旣然醫生都不相信我的話，我也無法確知那是什麼病，也許只是肉體受苦的幻覺而已，但是我瞭解它是一種致命的病。我祇在佛經裏找到這樣一個詞句，它勉強可以說明我的病狀。它就叫「虛妄」：浮心而多諸巧見。

走過橋，我已經停停走走地休息幾次了，現在勉強可以鬆一口氣，學校已經可以看得見，這條路好像是沿著海岸的弧度繞的，所以走得這麼久，並沒有更換它應有的景致，但這裏有一個防波堤，漁船都停在這裏歇息，又有一條公路經過校門後，所以這裏的人便一下密集起來。我看到一個燈塔倒塌在路邊，是廢棄之後搬回來的，小小的店面都在密植的木麻黃底下開張着，一個海防部隊住在這裏。有一個兵在路邊啃着甘蔗，他用很沙啞的聲音唱著山東腔，但有幾個本地的老人，他們灰白著一頭短髮努力在和著胡琴。而學校就在這個小聚落後頭的山崙上。

我終於在校門停當下來，看來這個學校只有十幾個班級，校門雖然寫了「潮聲」大紅的字，但石牆石柱鐵欄杆都久經剝蝕而顯得破舊了，我走到裏面看到前庭用七星香隔成四個小花圃，中間兩條交叉的十字小水泥徑，中間便立個蒙著灰塵的銅像，這裏面的花草都矮小枯黃，只有夾竹桃勉強開些花，淒迷的陽光曳照在這些景物上。令人感到寂聊。

開了事務處門出來接我的是一位精明的會計小姐，她把頭髮凶猛地剖成兩邊，露出飽滿而略呈四角形的臉，她用即興性的笑容說：「今年我們學校聘兩名教員，一位男的、一位女的，你就是吧。你過來這裏塡寫報到表。」

「是的，麻煩你。」我於是便接到那張印得很草率的黃紙單，我很努力地塡寫着。

她繼續用很堅硬的聲音問我許多的問題，比如我的籍貫、學歷、歲數，我偶爾抬頭回答她，便清楚地看見她灰色而半開著胸口的那件外衣裏，另有一件很鮮豔的褻衣，如果不靠近她是看不見的，我一時間被自己淫蕩的舉止嚇慌了，趕快塡好了表格遞過去。

「對的，你是禹龍默。」她瞧了一會兒，又即興地笑了笑，這回我很快地瞥見她眼角有了魚尾紋，她忽然一半對我一半對著窗外說：「你月薪才四千一，這點你知道吧。」

我告訴她我是隨便的人，別人可以用多少的薪水過活，我也能夠。她聽了沒有表示意見，但只提示我儲蓄是必要的。我猜不透她講那句話有什麼意義。

「辦妥了。」她於是把表格放在一半黑暗一邊明亮的窗櫥裏，然後指向旁邊的校長室，她說：「校長在裏頭等你。」臨走時我才確定這位辦事小姐還沒有嫁，因爲我在櫥窗的角落發現一本少女手册，看來她是個既青春又衰老的女人，一半永遠是她的個性。

校長是一個年約五十的湖南人，健朗而樂觀，我走進去時他正看着報紙，玻璃墊上放著一杯茶，牆頭櫃上掛滿錦標，一張人高的世界地圖掛在窗邊，他一見了我呵呵地便笑起來。

「政治眞不是人搞的。」他幹練地站起來，揚揚手中的報紙，還偏搖著頭，而後指著一張長沙發，說：「請坐，請坐。」

我畢恭畢敬地行著禮，想到這一年他便是我的老板，不禁生了幾分敬畏之意。

「我說禹老師。」他把茶也端過來，啜一口又放在沙發前的茶几上，他低啞着聲音道：「你是應該先通知我的，我可以到車站去接你，現在讓你辛苦地尋來，我那能安心。」

說罷他掏出煙，遞一支給我，便抽起來。我看他紅潤著一張臉，五十開外的額頭鏤著深廣皺紋，宿一種軍人的氣息，早年怕也是奔波過一陣，但我沒有多去注意他，他總要成爲我的老板。

「都是報紙害了時刻。」他繼續說：「本來我是要出去走走的說不定碰到你，就爲了那些國際新聞把我給蠱惑了，那種政治壓根兒不是人幹的。」

接著他便談起許多政治、國際問題，他說他是東南大學政治系畢業，早年與日本侵略者打過仗，現在退下來便進教育界，他說他奔走了半輩子，從來都想不到外國的政治家是那麼惡毒的，狠狠地在出賣中國。

「所以我說國際間是沒有正義的。」他這樣下着結論。「而我們的社會並不是絕望的，我們必要同心協力，尤其教育爲先，禹老師是學教育的，你一定很懂得。」

「是的。」我說。

他於是問起了目前的教育新理論的消息，又問我有沒有什麼抱負，比如繼續唸研究所，出國等。我只好回答他說：每一個人都有一套他自己的想法，但不一定照樣做吧。他聽了我不長進的回答便替我解圍地說：是啊，人總是有願違的，不過以現在社會職業狀況來說，當個教員就很不錯了。

「是的。」我只好說：「四年來我一直都想教書的。」

接着他又談起辦學校的原則，又說起國外有兩個成器的孩子。每當他講到重點的時候，都不忘記加上：我已經快退休了。比如他說：我做人是乾脆果斷的，不受威脅也不受利誘，我是不怕惡勢力的，再二年我便退休了。又比如說：我教導小孩一向鼓勵他們獨立，要他們大江南北厮混一趟，不要猶豫徬徨，我不需要他們奉養我，雖然我已經快退休了。陽光照耀在窗外的操場上，光線被濁黃的簾幄遮住了，室內的溫度有些溫熱，我有些倦，便只管聽着而不看他。

「好了。」終於他站起來，很勁道地把茶杯又放回辦事桌，他又低啞聲音說：「我說禹老師，這裏是偏僻的鄉村，你一定不很適應，我已經吩咐蔡廉笠老師，他帶你去看房子。」

我們一起走出校外，他一直為着沒有校舍而向我道歉，我說不要緊，自己租房子也有好處。而後導師室便走來一個年輕人，大約和我同一年齡，他穿着一身的便衣很隨和地自我介紹，他便是蔡廉笠，他說別人都叫他阿笠，希望我也這樣叫他。我說好。

宿舍便建在防波堤的前面，隔着一條河流便是小崙子，而山崙子後面當然就是學校，由這裏可以望見海面，那是一畝畝的蚵仔田，房子是用粗糙的甎建築的，裏邊再用木板隔成一個個小室，是用來租給學校職員，阿笠說他已經在這裏住一年，他說適應這裏的環境是容易的，只要當一只蝸牛就可以。他又指指對面的那人家，那裏圍着許多的人，披麻帶孝地嚎哭着，阿笠說那裏昨日翻了竹筏，死了一個海人，正準備善後，經他提醒後，我才清楚地看到他們的確在做喪事。阿笠又問我對這件事在不在乎，我有些累，便告訴他無妨。然後我便走進自己的那個床舖，由窗口可以望得到那條河和海，阿笠在旁邊替我倒茶，我看着海水發神，之後躺下來睡覺，朦朧中我聽到一個人在外面用漳州腔喊：怎麼來了一個陌生人，彷彿凶訊便是他帶來的。

2

第二天上課，因爲忙着塡寫資料，又整理我那班學生的暑期作業，晚睡了二個鐘頭，隔天是周末，我一覺醒來，發現太陽已經昇得好高，向西的窗廊下有着巨大的屋影，海鳥成羣地飛到那條河上，銀白的浪花在遠端的海洋上翻躍着，魚船都在防波堤那邊起了纜，正準備出海。我斜起肘來撐着腰靠在床沿，潮聲唰唰地直傳來，奇怪的是昨晚我怎麼都沒有聽見，大概眞的睡昏了頭。阿笠從隔房跑過來，他邀我到外面去吃稀飯。

早晨的海風涼涼地吹拂在顏面上，小村店很早就開了門，這裏不容易吃到新鮮的青菜，阿笠要我多喝一些海產煮成的湯，我說不要。因爲這裏的礦物質太多，恐怕增添了腎臟的麻煩。我說我還沒有認識這裏的環境，建議在海岸走一遭，阿笠愉快地笑着說好，三脚二步便走去了。

這地帶完全是沙岸，時値漲潮，海邊便漂流起許多的渣物，三三兩兩的養蛤寮搭在淺灘上，像長脚的細雄蚊，荷槍的海防兵員沿岸巡邏着，阿笠碰到他們便熱絡地點着頭。後來走到河流出海的那地方，便有許多的挖土機停在旁邊，岩邊堆着很厚很高的土，魚塭一畦畦地連綿過去，海人都用一根根的木桿遍插在四周，上頭掛着巨大的魚網。我們走上了十個門閘的水壩上，就看到學校裏的校工，他站在壩上往西眺着茫茫的海水，他顯然剛打完太極拳，外套便掛在鐵槓上，風一直翻飛他硬而雜的頭髮。

他是我前幾天才認識的，一個叫宋仁志的老人，住在同一個宿舍裏，他看上去已經六十幾歲，平常都按照時間做工作，起床睡覺也都是固定的，但是他看來却不是很健康的，眼角時常要爛脫一些眉毛，腰部像被攀折了一般略帶傾斜地彎着，宿舍裏的人都說他很怪，他是山東人，喜歡誇張地做些字畫，平常就大聲唱着京板子，和他住同一寢室的是一個老兵，兩人以前好像同在一起打仗，那位老兵還叫他老長官，平常沒事幹，宋仁志便瘋樣地寫着字，喝起很烈的酒，而後那位老兵就和他發生吵架，兩人都打得很厲害，宋仁志總是一面打一面喊：他媽的，他媽的，殺了你這狗養的，殺了你這狗養的。不過事後，他們又是好朋友。

宿舍裏的人一向都很嘲笑他那一手字的，不過笑歸笑，如果逢上什麼節慶，也都還是請他提筆的。看來今晨他好像也有些心事的，他站在那頭只管呆着。阿笠很快地走過去打招呼。

「哦哦。」他便在錯愕中回過頭來，很快地細步走來，他佝着腰，手臂擺動很大，看來有些滑稽，他用着嘶嘶不清的語音說：「蔡老師、禹老師，你們眞起得早。」

阿笠便問他在這裏幹什麼，他忽然笑了笑，說：「在找靈感哇，我好似忘記很多的事了。」

接着他講起他故鄉十二花月樓的外貌，他說那家酒肆接待方圓一百里的酒客，以前是他們家的，又問起我看見過錢塘的潮水否，他說：「那滾動的波腹像巨靈的海蛇。」

我們都說將來有機會一定要去看。他聽了很高興地笑了，但一下子又挨過身來，用着更嘶混的語言說：「蘇杭豈是一般人到得了的？那是天府啊。」接着搖起他灰白的頭。我們都勸他不要喪志。

「我不喪志。」他這樣說，像一個醉酒的人，一直說我們不瞭解他，最後他說：「我是流落的一個人吧，我也終於要回去的，倘若不能，我也要叫人把這撮骨灰洒在海峽裏，讓他漂到該到的地方去。」

陽光很柔和而金黃，我們走過魚網的那側，宋仁志還在壩上自言自語，看上去好像一尾離水的魚在網裏掙扎着。

回宿舍的路，我們就選擇河岸，時屆上班，許多的漁人也都挑着巨大的籮筐往海走，我看見他們黝黑細瘦的身子，感到做爲一個默默小求生者的悲哀……

噹噹的鐘聲敲響在校園，我拎着一個舊式的提包，跟着一大羣的老師走向教室，因爲剛上講堂，頗不能駕輕就熟，我是遇到陌生的環境就須要大幅度調整自己的人，所以心裏老是存有着憂慮，加以我被校方排定來教童訓，又兼幾堂工藝的課程，都不是我的本行，難免要大感不快，幸好這堂課是我當導師的那個班級，自己班上的學生總比較好說話。

一上課，我仍然繼續開學時沒講完的，我告訴他們，我們這三年三班是職業班，是不準備升學的，將來就要踏入社會，所以要善用光陰，我也告訴他們我是一個講自由講個性的人，如果他們認爲我做人還好，便把我當兄長看，大家都沒界線。如果他是一個惡劣的人，那麼他只是自甘墮落的人，不求上進，這樣的人將來走入社會就有問題。我一直說着這些，但後來看他們都瞧着窗外，我便停下來，在靜寂中我才覺得我所說的墮落者事實上是不存在於他們之中的，勿寧說那是指着我自己，我只在數落着自己。我發現他們不感興趣，便改爲鼓勵他們。我說，我們班級被學校列屬爲「牛仔班」，二年來都是以壞出名，但我是不相信這一點的，那只是一個偏見，我把每個人都看成前程遠大的，希望他們都有這種信心，我又說我會買許多的籃球和足球給同學玩，上童訓時也帶他們去露營，我告訴他們，健康的身體是事業成功的基礎。我覺得說得很累，班上的同學都叫跳起來，他們笑得很高興，大聲地說，對！對！一堂課就這樣過去，看來我開了許多的支票。

回到導師室，我看到黑板上寫了一則佈告：×月×日七點請駕臨海景小吃……操場外站着一排學生，訓育組長指着他們的額頭大罵……

黃昏很快的便來臨了，海潮退到遙遠的一端去，露出的沙灘抹着夕陽的餘暉閃動着一片粼粼的金黃，西邊天際展露着妖媚的景色，住在這裏的同事都把椅子搬到陽臺上來，他們絲吧絲吧地抽起了煙，有些品着茶，另外的下着棋，阿笠是這裏的美術教員，他擺好了畫架，細心地描摹着夕陽前的防波堤，我敞開胸口讓海風一絲一縷地吹拂，偶爾看到崙後遙遠的那條公路上奔馳着一些車輛，好像有一輛鑼鼓喧天的彩車向這裏嘶喊：明星歌舞團啦！明星歌舞團啦，那車上的女伶都向這邊招手。漁人靠了岸，都把竹筏繫在木樁上，船也都駛回來。

3

教務主任第二天來訪，同事們都在屋外聊天他留着一頭削短的頭髮，鼻子是尖勾着，顯得他是十分工於鑽營的人，但那張臉却十分的蒼白，一說起話來夾着很重的舌尖音，他姓盧，本地人因爲校長不是本地人，所以大凡校務的推展都靠他策劃，他用着很殷勤的笑容對着每個同事笑，那種笑容硬而堅持得很久，看上去有些做假，同事也都抬起頭來打招呼。他走到我身前，伸出右手和我握着。

「早就要來看你。」他笑着說：「將來教務處要仰仗你的。」

他開始說着許多的客套話，臉上的表情變化得很厲害，彷彿怕我不相信他所說的，或懷疑他說話的眞誠。我很敬重地回答說，他是教育界的前輩，是我學習的典範。他連連搖着蒼白的手，閃動不穩的眼神說：不，不。

「但是。」忽然他便很急促地拉着我走到阿笠的角落去，他說：「你是剛踏入社會的，對不對。」

我說對。

「那麼你便不知道人世的複雜。」他用着很低的聲音說。跟着便講起學校的內幕，比如說教職員都分黨立派，爭權奪利，常常只爲了排課兼課的問題大大地吵鬧。

「這個學校是個爭鬥場。」他張惶地說：「不小心就生事端。」

我也說，依我的淺見每個社團都會這樣的。他於是更低着聲音說，整個人都要附到我的耳際來，他說我不會爲了排那些不是本行的課而生氣吧，他說教務處是有一番不得已的苦衷。我照實地說，我是有點不高興，但旣然排了，我也不想更動。他聽了又連連請我要原諒他。

阿笠在旁邊聽了便放下筆，他告訴盧主任，說我是很隨和的人，不會責怪什麼，但學校的情形也不是他所形容的那麼壞，不和氣是有的，爲利益而爭奪的是沒有的。阿笠說學校都是很團結的，不用擔心的。盧主任聽了便噤了口。

屋裏忽然乒乓地響起來，有幾次好像是打破玻璃窗的聲音，一會兒馬路便出現了兩個老人，果然是宋仁志和那個老兵，他們扭成一團地撕打着，一些髮鬚都扯掉了，但沒有一個人去管他們。

「禹老師。」盧主任顫動着聲音對我說：「你去扯開宋先生吧，告訴他今晚在海景小吃有個宴會，千萬要到。」

說完他便招呼大夥兒，同事們都紛紛把椅子搬下去，我呆一會，才想到前天黑板上寫的那些字。

我本來因爲胸部又有些疼，想趁機避開酒宴，但阿笠說第一次的請客跑不掉。

原來這是家長會的好意，他們很費神地在當地最好的這家館子擺了席，主要是表示一些謝意吧。這是一個三樓的粗水泥建築，由窗口可以眺望魚塭的連綿燈火。我坐在許蕙的旁邊，她有一張美麗溫柔的臉，笑起來甜甜的，長髮也一直飄着香味，她是和我一齊進到學校的另一個新教員。

家長會長是一個能言善道的人，說起話很洪亮，他對着我們說他十歲就離家到外地做生意，十二歲就追女孩子，十七歲娶太太，二十二歲競選鄉長，子女共有七個，最大的已經三十八歲，他說他的人生是奮鬥的人生。

「但是。」他接着又用半臺灣國語說：「現代的小孩子怎麼樣了？他們都在家裏享受，二十歲還靠家庭供養。眞命好。」他說。

跟着同事都答腔了，大家都說潮聲國中有兩個問題，一個是招不到學生，得不到父老的諒解，第二個是升學率太低。會長馬上說第一個問題由他來解決，他一定會說服所有村子的父母，把子女送到學校來，至於第二個則要靠老師們的努力。

校長繼而也談起生活在現代社會的困難，他說奮鬥是必要的，他再兩年就退休了，但大致上他的努力是沒有白費的。他順便提到目前他大兒子已入美國籍，小兒子也在哥倫比亞，他們都有很強的驅策力，努力要飛出這個環境。

「我告訴我的孩子。」校長因喝些酒而紅着脖子，他低啞着聲音說：「我們是遠離家鄉的人，想不到在這島上一住便是二十幾年，我們是漂浪的那種族類，所以你們要給我走得遠遠的。遠遠離開這個酷熱的，侷促的地方。」

同事們聽了都笑起來，大家都舉杯來祝賀校長那二位成器的孩子。我只因頭有些暈，一時很不實在地看着餐廳和酒宴的擺設，只想能好好躺下來休息。

「至於禹老師。」校長不忘把他的酒杯端過來，他說：「我是應該敬你的，因爲在青年輩中像你一般恬淡的人也是少的，恬淡是好的。」

我舉起杯子很勉強地喝一口，只告訴他我是個喜歡過普通生活的人。

校長又把酒杯舉到許蕙的面前，他知道許蕙學財務的，現在正準備考試，教書只是暫時的，便說：「許老師，我也要敬你一杯，學校對你而言是小池容不了大魚，妳是了不起的女孩子。」

許多的同事一齊都把酒杯端過來，很高興都敬起了許蕙。

最後校長又說，許蕙很像電視上的一個女星，他說假如他兩個兒子不那麼早結婚，一定要許蕙做他的媳婦。大家都快樂地笑開了。我看到許蕙的臉掠過了紅暈。

4

生活開始忙碌起來，因爲升學班的在補習，學校知道我學過教育統計，便派我輔導二年級的數學課。但既然我已經答應利用兩天的時間帶我班級的同學去露營，所以前天晚上拼命地補足四堂課，放學生回去時，已經夜幕低垂了。教務主任僵直着笑容，顫抖着聲音稱贊我認眞負責。我說我是反對補習的，但別人旣然這麼做我也只好做，而且拿了人家的錢就要付出一定的勞力，我說主要還是爲了那些錢。教務主任聽了猶豫一會兒，大概是想不到我會是這樣一種勢利的人，但假若他瞭解我以前幹過板金工人，他就會不以爲怪。臨走前他遞一張條子給我，告訴我十月底在縣裏有個教育會議，要我偕同訓導長和他一起去，我說好。

學生都穿着童軍制服圍在儲藏室前，他們把所有露營的工具一箱箱地都搬出來，難得有這樣一個不刮風的陽光天，他們的領帶和徽章顯得特別的鮮豔。

我走過去，他們正和女童子軍的負責人鬥着嘴，這女士已經四十幾歲，但一點都沒老態，她一向都是最有主張的人，而且一主張了便不再改變，她對學生一向尖苛厲害，她一直嚷着說三年三班是牛仔班，破壞力很強，工具不應該借給他們。有幾個同學據力以爭，他們都說露營是童子軍的權利，何況他們並不是眞壞，只是學校的偏見而已。

「你們聽見。」那個女士一時便生了氣，她說：「若是你們毀了這些工具一分一毛，我便敲破你們的牛頭。」

我走過去，同學們都圍到我這邊來。那女士匆匆地和我打個招呼，便擺動機械而有些角度的身子去了。我告訴他們我是主張與世無爭的人，不喜歡他們不懂禮貌地和老師吵架。但他們彷彿被露營沖昏了頭，也不在乎我說些什麼，搬了東西，一下子便嘩嘩地趕到校門後的公路去，陽光金黃地在他們的身上閃動。

一出校門，我才看見許蕙已經站在那裏微笑。原來是昨天快下班時我忙着替學生分組，許蕙問我做什麼，我說露營，她也說喜歡。之後我走回自已的座位上，許蕙坐在我的斜對面，她在那裏唸財政通論，我就問她要不要去露營，不想她看看課程表，便說好。我後來後悔不該打擾她的進修，但既然已說好的事我也懶得去更改它。

許蕙穿了深藍的迷地裙，紅色的套頭毛衣，披捲着長髮，我忽然才覺得她很漂亮，一笑起來很溫和寬容。她提着乳白的手提包，跟着我走起來。

我們是準備到三里岬去露營的，那裏有一個很大的漁村，漁港內寬廣着一片坡地，幾十家的廟，搭車去要半個鐘頭，我是不願意改變生活的人，但是若能借着閒適的一天，使我忘了病痛，也是求之不得的。

車上坐着許多爲生活奔忙的人，他們看到一大羣的學生，便陡然地轉動了空洞的眼珠，流露着對下一代的好奇和關懷。

一到目的地，學生們都勤奮地把帳篷搭在坡頂上，俯瞰着整個漁港。他們三三兩兩地都買菜去了，我們架好爐灶開始許多餘興節目，起先是大家唱着歌，後來做許多活動，包括叫他們去捉海蟹，回來時他們的身上都沾滿了污泥，而後又烤肉，一直鬧到太陽快下山。可是却發生一件事。原來一個學生被誤爲偷魚賊，被扣留在村裏，等我趕去後，他們那裏圍了許多人。

「他媽的。」一個人用着很粗糙的語音大叫着：「每次都有這樣的事發生，把手砍掉了也照樣會偷。」

我走進去，連連地賠不是，許多人都看着我，但彷彿都要我賠個公道。「我認識他。」便有一個海人也叫着，他望着我，說：「他是潮聲中學的老師。」

接着他們很吵雜地囂鬧着，都指責我不應該放縱學生，事實上我也還不清楚事情的原委，於是我只好狠狠地打了那學生兩個巴掌，他們方才很滿足地散開了。

不過這件不愉快的事很快就過去，晚上在熊熊的營火中大家仍然劇烈地唱跳着。

隔天早晨，我便和許蕙到每家小廟去走，她把草帽戴在我的頭上，又把手提袋交給我，看到喜歡的神像便燒香膜拜，她問我信不信神，我坦白地說不信。她注視了我一會兒，說：「我是信的，因爲沒有信仰的人就沒有自信。」我爲她這樣一個問題所蠱惑，因而沉思起來。但不久我們走到海岬來便不再想了，這裏有許多巨怪的平板石，也有很筆直的沙灘，許蕙拉着我的手直跳着潮水，有幾次我們的手臂挽得緊緊的。

回到學校後，事務處的會計小姐開始辦理購物證和保險證，她用着卽興性的笑容向我要幾張半身相片，但我始終忘記了這件事，最後她很不高興地對我說：如果我願意放棄請告訴她。我竟然說好，她聽了嚇一跳，但我不是有心的，因爲我一直都很忌諱「保險」這二字，它和醫院是有關的，我一聽醫院便很生厭，可見我是一個多麼漠視自己疾病的人。

十月底一溜眼便到來，學校指派我參加縣政府的會議是有理由的，因爲我是學教育本行的。當日我便收拾行李，請了三天假，偕同訓導、教務二個主任，一起去了。

訓導主任是這個學校的話柄人物，他叫唐天養，一身粗壯結實，流露着充沛的體力，因此也教體育，但是他的本科却是唸國文的，寫一手憂鬱的詩文。據說他剛進到學校時就追一個女同事，很熱烈地鬧一場戀愛，後來女方嫁了別人，從此他便十分偏激，如今十多年，他就是不娶太太，成天在學校裏和女教員頂着嘴，比如他認爲一個好學校一定要男多於女，因爲他相信天才都是男人，但是遇到比較凶的女同事，他又顯得很客氣。平常他沒事做就端着咖啡來回地在導師室裏走着，他喜歡談一些風水地理和靈鬼的話，偶爾也談談一些宿命哲學家的理論，他說他是寂寞的，但是他要用許多的話來打破寂寞，平常他駡起學生是很凶的，三字經也咒得厲害，許多學生都畏懼着他，學校的秩序都靠他來維持。

秋天的蒼涼一離開海濱後就轉變爲一種淒迷，溫和的陽光晒在縣城繁囂的街道上，只令人感到每樣東西都在動着，却不知道因何而動。

走在路上，唐天養的話就多起來，他一直說縣教育單位只是麻痺的一個教育細胞罷了，成年成月的公文一直下達，教育出來的學生沒有一個是合格的，他一直發着德智體羣的牢騷。

「禹老師。」他在街上很賣勁地走，一面很粗暴地指着街上的行人，他說：「這麼多的人難道他們都靠死記死背東西出來的嗎……」

他講了很多，粗暴地批評目前的社會觀念，他說沒有人在注重羣育體育，只注重記憶，然後大夥兒捧一二個升學主義的明星，其他的都變成廢物，他說他是不信這一套的，他要注意一般生活的訓練。

「禹老師。」他又對我說：「健康的身體和規律的生活是重要的，要成事業，便不能無視於它。」

我懶散地說是的，他的話擊重我的要害，但我也告訴他，每個人大抵都不是很健康的，現代人的肉體和心靈都在無形中受挫傷。如何培養一種復原的知識和能力才是重要的。他聽了大笑起來，他說我是第一個瞭解生存道理的人。

頭一天的會議馬上開完，教育局派了許多留美的學人來談話，他們一直強調新式的教學法，比如注重社會教育、電化教學法，應以學生爲主，老師爲輔。最後他們徵詢我們的意見，教務主任要我發言，我只好站起來說：我們都儘量在忘記自己的貧窮和落後，都努力向西方人看齊，但那些都是不實在的，我們有自己的處境和傳統的生活模式……我說了很多，大概語無倫次，所以引起幾次的笑聲。回到旅舍便覺得累。

當夜，唐天養便走過來，他替我買了許多可樂健C，問我是否疲憊不堪，我說還沒有壞到那種程度。他又問了我寂寞不寂寞。我起初不知道什麼意思，後來才知道他想叫女人。我只說我不是柳下惠，以前我也放蕩過，但現在是出差，唯恐不當。唐天養聽了很乾脆地把教務主任也找來。他問教務主任的意見，盧主任又用他那顫抖的的語音說不行。但唐天養一直罵說當教員的也還是人，怎麼能沒有七情六慾。後來他說要由我決定，一句話便解決。

我看唐天養那種認眞的態度，便不好推託，我說好，盧主任驚訝地看着我，我知道從此以後，盧主任不會把我當好人看。

5

早晨空了兩堂課，我便走回宿舍來料理床鋪，連續幾天的大病痛把生活弄得一團糟，衣服書籍亂成一堆盥洗用具和玻璃杯全都打翻了，那是一種澈底的肉體熬練，是劇烈的腰痛，通常在午夜來臨，像針一樣，一分一秒啃噬着你的內臟，昨夜的汗汁還十分明顯地留在枕頭上，墊被一片縐紋，但我故意不去吃藥，我要看這隻病魔猖狂到那種地步，阿笠正夾着畫架要去上課，他看我的臉色十分青黃，便問我到底發生什麼事，我說沒有。

一回到學校，已經嘩然地一片囂鬧，學生們都在大掃除，但我看到導師室內坐滿了同事，他們都聚精會神地討論着事，並且多了一個警員和家長。我一會兒便知道是唐天養又惹了事。大約是前天吧，他很凶地處罰一位違規的畢業生，那個畢業生是在夜晚的時候一連敲破教室二十幾面的玻璃，因爲在盛怒底下，唐天養便錯手打傷了這位學生的手臂，那個家長便取得驗傷的證明，一起告到派出所去。

大家都表示對這件事很遺憾，校長一直安頓那個家長，但那位家長顯然很生氣的樣子，他說他兒子打破玻璃可以賠償，但打死了他兒子却沒法賠。警察也說這件事是唐天養的錯，他犯了傷害罪。

唐天養一時間也盛怒起來，他便說：「好，你把兒子看成神，慣寵着他，以後若眞的被打死了，你再怎麼告發都沒用。」他說他既然當了訓導主任就早料到有今天，他是準備豁出去了。

同事們聽了都替他揑把汗，紛紛搶到前頭去，要他閉了嘴。

那家長也不甘示弱，他一直揚言要告到法院去。後來警察出來打圓場，他說只要學校賠償醫藥費就可以了事，私底下解決總比上公堂好。唐天養聽了氣紅了臉，他比手劃脚地跳着，但校長示意他不要說話，警察又分析一下利害關係，而後要大家做個決定。最後便預定賠償那個家長六千圓，我是不善於判斷是非的人，沒有意見，但許多有個性的同事都替唐天養表示不平。整日裏，我的腦際盤旋着許多張叫囂的臉。

放學時，我正把桌上的墨水擺好，忽然看到値日導師領着我班上的一個學生來，他叫林毅，這時候他好像很沮喪的樣子，人長得高瘦，佝着身上，他低着頭，看上去已經駝背得很厲害，臉上還有許多病懨的皺紋，看上去頗不像個初中生，他是過早熟或早衰的那種學生，平日我都沒有注意到他，我一時爲自己魯鈍的感覺而慚愧起來。値日導師說他近日常遲到早退，時常翻牆進學校，上課時便躲在樹叢下睡覺，他是壞學生。値日的老師說現在唐天養不能辦理這件事，改交給他自己的導師辦。

我很惱怒地叫他站過來，便看到他畏縮着身子，一雙空洞的眼神。我告訴他這樣子簡直敗壞了三年三班的名譽，是害羣之馬，我說我不會原諒他這種行爲。後來我看他那種無告的神情，便改了口氣，溫和地要他說明原因。

「你是四十三號，林毅。」我要他把頭抬起來看着我，說：「既然我當你的導師便不會叫你受委屈，你有什麼事可以告訴我。」

但過了很久，他一點都沒反應，我知道無濟於事，便叫他走了。

之後一個同事走過來，他教歷史，他告訴我，林毅是他所見的最奇怪的孩子，他說：「有一次上課，我講完瑪奇諾防線，我問學生，願意去打仗的同學有幾個，便有五分之四的人舉手，我又問，知道會受傷而還願意去打仗的人有幾個，便有二分之一的人舉手，後來我又問，知道會死去而還願意去打仗的人又有幾個，這時候他們面面相覷，而只有林毅很怯弱地舉起他的手。」

「眞難理解。」那位同事表示懷疑地說：「好像現代人的心靈都慢慢趨向殘酷。」

午後衰竭的陽光照在桌上，很明顯地浮現一層沙塵，外頭的景物都曳了很長的影子，我想到許蕙。近日裏我們常常聚在一齊，她很聰明伶俐，我們談着許多的問題，同事間便有人竊竊私語了，但我也沒有其他的心思去想它。

許蕙便在音樂敎室裏讀着書，學校的人都走了，我坐下來陪着她，每隔一段時間她便要抬頭來看看我，後來她說要到河邊去散散心，我說好。

風很快地吹亂她的長髮，她穿一襲天藍的風衣，束着紅腰帶，她把手斜插在口袋裏，風情萬種，有一陣子她一直談着未來的事，她說她想考取一家大公司的職位，領着高薪，而後買一棟房子很平靜地住下去。後來發現我不很注意地聽，便笑起來，用力地在我手上打一下。她忽然說我是跟定了她，我問她爲什麼，她說學校的人都說我在追她，衆夫所指，難免一死。我才覺得她很直爽可愛，並發現我彷彿對她已有感情。

晚間，距海不遠的市鎭裏上演一部異端恐怖片，同事都特地趕去看，宿舍裏便只剩下幾個人，一個同事把無線電的聲音開得很響，另外二個人玩着紙牌，阿笠把兩包的杏仁帶過來，撕了包裝，便煮起來。他開始翻動生活雜誌的圖片，他告訴我他想畫新寫實。我靠近窗邊聽海潮的聲響，後來便翻動林毅的資料。

剛翻動這些表格時覺得都一樣，上頭貼一張稚嫩的學生照，接着是一大串的調查，我很不能理解他們的做法，比如談到身體狀況時，上頭便蓋一個「良好」的印章，又說到家庭情形，便寫「貧窮」，但既然傳統都這麼做，我也沒話好說。不過在林毅那張紙面上略微有一點不同，它很顯然地用紅筆記錄着他曾休學二年，成績優良，母親臥病在家裏，父親是工人，唯一的姐姐現在自由業，我還不知道他原來是優等生，既然這樣，他怎麼編入我這班就業班，並且變成問題學生。

阿笠後來便挨過來，遞給我一杯杏仁，要我幫他選兩張東南亞落後地區的鄉土照片，我以前對繪畫也感到興趣過，只是因爲沒有機會，結果沒有發揮這項特長，我就挑了一張新幾內亞的祭典圖，另外一張是薩摩亞的行舟圖，阿笠說很好。後來他看我翻的資料就說起林毅的事。

「他是很特殊的學生。」阿笠說：「畫得很好。」

我說我不一定懂畫，但希望阿笠能儘可能地把他的畫圖情形說清楚，阿笠說好。

「我曾經敎過他們現代畫，他的領悟力超過一般的學生。」阿笠說。他說有一次要學生任意畫幾張心底的畫，不必公開，但要公開也可以。隔幾天大家都繳出來，林毅先前拿了一本畫册去臨摹，畫了很厚的一疊。都是許多懨懨的人物畫，平面的軀體、空洞的眼神，像莫底里亞的畫。

我聽着，看看阿笠手邊另一疊畫册，我告訴他，他不應該敎十七歲的小孩想那些畸矯的事。阿笠說這是近代畫，而後他又說他又敎學生畫很多的風景。

「有一天林毅又拿許多他畫的風景畫來，都是很明快的花、草、樹木。」阿笠說：「他很輕快地翻動鮮明的那些畫。」

「它們都是一種啓示。」林毅說：「像我父親所說的：『離開虛幻的天地吧，像強勁的根一樣的生長。』」

「很好。」阿笠說：「你的觀念是很好的，你的覺悟是對的。」

「但是。」林毅又懨懨地說：「它們都離不開一種地方，它們逃脫不了的。」

「我嚇一跳，便在每根樹幹上看到一條條巨大的鎖鍊。」

「嗯。」我聽完阿笠說的話想到已喝完杏仁，我一直要記住那些話，但意志老是不能集中，我告訴阿笠世界上虛幻的人太多了，阿笠不知道我話的意思，便又翻起他的生活雜誌。

入夜後，同事都回來了，像是附了魔的一羣人一樣，恐怖地大談電影的細節。

十一月來了，學校推動留校七小時的制度。

十二月，唐天養時常找我談話，一直發着牢騷。偶然參加當地大拜拜喝了幾次酒，說了幾次淫蕩的話，學校的人都用異樣的眼光看我。

一月後放了寒假，聽許蕙的話去做身體檢查，很意外的，我身體逐漸好起來，跟許蕙進城買過幾次東西，她也來了幾次，幫我收拾衣物。

二月，聽說林毅去工廠裏做工，一見熟人便把頭低下，據說他父親發生車禍，躺在病院，我很想去看看。宋仁志又和老兵打過幾次架。

三月，學校第二學期已經過二週，上班、下班、學校、宿舍。

日子像一筆流水帳。

6

三月底、四月初，教育單位援例放假幾天，學校裏的指導秘書學過教育心理，他說要替林毅做羅赫墨汁測驗，我對這些是外行，不過林毅是我的學生，我是要去看他的。但是湊巧今天宋仁志有件喜事要我幫忙，我只好把林毅的事擱下來再說。

原來宋仁志近日裏又大吵大鬧，他的那個老兵伙伴因爲部隊調動的關係，移到別地方去了，他平常很恨那個老兵，但有人和他吵架可以解除寂寞，現在失去了伙伴，他開始叫跳起來，他一直對着每個人說了許多絕望的話，又說以前那個老兵伙伴是怎麼好，最後總會流淚。我們都盡力安慰他，要他多回想舊日家園，多畫一些好的水墨。這一週以來他果然不哭了，但他却說已經央了人幫他找個太太，今天要去看對象，他說他要改變環境，力圖振作。我和阿笠以及唐天養都做陪客，搭車便趕到縣城去。

沿途的唐天養又做了許多的談話。他也是單身漢，因此觀感就特別的不同，我和阿笠都聽着。

「禹老師、蔡老師。」唐天養說：「人是不得安寧的，當你發誓要賺錢做大事業時，你便要把自己弄成大腹便便，一副酒足飯飽的痲痺模樣，因爲你要有超人的精力，但你只是個笨蛋，一個機器。當你想要做個白領階級的人，你便要忍氣吞聲，受人指使，你只吃不飽餓不死。等到你想當小人物活下去，你便得與人和氣，沒有個性，不聞世事，你只在逃避，徹底做隻鴕鳥。但不論你做了那種人，你做是做了，但做了又怎樣，何況你精力過剩便要忍受煩躁、活動慾、勞碌慾的痛苦，你身體不好又要忍受徬徨、焦慮、不安，沒有一個人逃得過，對不對？」

「對。」我和阿笠都說，但我們都不知道是否眞的對。

「所以當什麼，做什麼都一樣，人沒有安寧的一日。」接着他又把頭轉過去，對着宋仁志說：「因此宋老哥，我要勸你免了這趟相親，息事寧人。」

宋仁志聽了猶豫一下，但馬上又說他有他的想法：「你不瞭解我。」他對着唐天養說。

相親的事說是在媒人的家舉行，我們都很和氣地走進去，我才發現今天我是穿着西裝。媒人共有三個，也都是老兵，當中一個曾和宋仁志認識，但我們坐下後却先談作媒的錢，那三個老兵說要給他們五萬元的紅包，宋仁志堅持給三萬，兩方很認眞地討價還價，後來唐天養幫了腔，他說先把新娘叫出來再說，如果中意的話便好談了。老兵們說好，便帶一個二十幾歲的山地姑娘出來，生得漂亮結實，宋仁志說五萬元太貴，仍要他們再折些價値，後來終於給他們四萬二，他們說了結婚的日子，事情便決定了。

回來時，宋仁志爲了答謝我們，請了一頓很豐盛的飯，到車站時已近黃昏，這時站裏排了一大行的青年男女，都穿着很時髦的衣服，大約是濱海而到北部去唸書的大學生，他們都要回家渡假，捧着書，留着長髮。在車上我便碰到一個潮聲村的中年人，他很不客氣地批評起現在的學生。他說他是從日據時代過來的，那時候的學生眞像樣，那裏是今天這種邋遢、無力、沒有個性的模樣，他說他們有榮譽心、堅強、經得起打擊，最後他問我的看法，因爲我是老師。我便告訴他，時代不一樣，以前那一套已經過去了，何況現在根本不能叫這些學生改變什麼。我更坦白地告訴他：改變自己和環境是困難的。

放假的第二天，我就到學校去。四月的陽光很溫柔的照在沙磧上，我想到蔚藍的海和天。升學的班級都在輔導着課業，大部份的教室都空着。我走進指導活動室，看到執行秘書和林毅談着話。我坐下來聽着，他們已經聊了二天。

林毅很雜地說着他不升學的理由，又用不穩定的語音談他的人生觀。後來他停了，說：「不論怎麼說，我還是認爲我的話也是不實在的。」

「嗯。」執行秘書說：「這也是你人生觀的一部份。」

「就像這些人。」忽然他指着執行秘書前的幾張圖片，那是巴夫洛夫，馮特，史琴那以及心理分析大師的相片，他說：「他們都站在這個虛幻的地點上。」

「他們站在一個地點上。」執行秘書說：「很好，說下去。」

「他們都往許多的牆跑去，他們都說：我見到了陽光，我見到了眞理，但事實上，他們什麼也沒見到。」

我聽了很不高興，我告訴林毅不要隨便渺視有成就的人。林毅露出難爲的神色，但執行秘書說沒關係。後來林毅說墨汁圖形讓他想起父親的影子和軍力。他說他父親是受日本教育的人，曾參加南太平洋戰爭。他的父親對他很嚴苛，但他認爲別人的父親也都是嚴厲的，所以他也不覺得怎樣。我便想起應該去他家走一趟，林毅躊躇很久，後來大概覺得我是老師，只好說好。但他透露我一個消息，他父親出了事，病情還未轉好。

想到藍天，我就又去找許蕙，她已經決定參加一家銀行的會計考試，考期迫在眉睫，但是她說她不緊張，還想跟我去玩。我說我們從沒有到海面上去，這次要玩個痛快，她說一定奉陪，臨行前，在路上碰到一個騎機車的年青同事，早我一年進校，他一直問我們去那裏，還一直看着許蕙，很牽強地笑着，據說他也在追許蕙，但許蕙只和我眉目傳情。

爬上竹筏，我們便努力地撐起篙，划向一片波光粼粼的蚵子田去。四月的海風不急不徐地吹着，涼涼的感覺使我昏沉的知覺蘇醒過來，因爲肺病痊癒的可能很大，我便披了一條阿笠的長圍巾去，許蕙一直說我很瀟洒。我們在一片紮實的蚵仔木架前停下來，許蕙坐到上頭去，捲起藍色的牛仔褲管踼着水，我躺在竹筏上看着她健美的足，漂亮的髮角、耳環、天空，最後被她的醉人的臉迷惑了。之後她建議跳下去游泳，我說好，上來時，我們頂着頭睡着，我翻過去吻她的額頭，我們的頭髮立卽糾結在一起。

約好林毅去訪問他家是最後一天的假日。

他家是坐落在一個偏僻的防風林邊，四周堆滿破廢的木板和鐵皮，是古舊的修船所。現在已經不再修理什麼了，所以這裏也種了蚵。他的母親纖細着一個身子，臉上的皺紋黃而深，顯然是已經不能做粗重的事了，她捧着一杯茶放在我的桌前，我看到晦暗的木板屋內雜亂地放置着幾張漁網，她用很細很弱的聲音叫林毅去村店賒一包煙，我說我是已戒煙的，她才放心地坐下來。我告訴她林毅是很好的小孩，但現在有些隱晦的問題，我希望她會告訴我。她很艱難地皺着眉頭，說她每天都要花一些錢治病，在貧窮的漁村賺不到幾文錢，所以他父親到城裏當司機，現在不能讓她的小孩繼續唸書，她說這是小孩的命。我聽了知道每個家都有一本難唸的經，這只是很普通的問題，我便問她還有沒有隱情，她起先不肯說，後來我問他姐姐在那裏，她終於說她女兒也入城去了，因為謀生困難，前年從工廠退出來，便當了私娼，她說林毅一定不能諒解他的姐姐，我說不一定。

出了他家，我叫林毅帶我去看他父親。因為我不想多勞累，便叫他要快。他向鄰家借了兩部腳踏車，我們騎到公路去搭巴士。

病院裏躺着許多勞保的病人，一些皮膚乾而黑的一定是來自潮聲村，在一個七八個病人的大病房裏，終於找到他的父親。

因為從車子摔出來的緣故，他的傷痕很重，病歷卡寫着輕度腦傷，因為正在休養，不能長談，他很有禮節，並且有一種很好的風度，他只說將來務必要讓這孩子堂堂正正，做一個對社會有貢獻的人，我說他的想法不會錯。

訪談使我困乏，搭車回來我叫林毅晚上來找我，回到宿舍，倒頭就睡。

林毅來時大家都跑去吃晚餐，我要他坐在椅子上，林毅用徬徨迷離的眼神看着四周。

「你父親要你做一個有用的人。」我說：「他的期望很高。」

他沉默一陣，終於答應說出眞情，他說我是他的老師。接着他從身上掏出一個袋子，裝的都是這裏的特產，他說要送給阿笠和我，我馬上制止他不用客套。他說他很崇拜父親，以前他父親還年輕時，唸過日本高校，後來征調南洋，一直想力爭上游，但戰後便成爲一個徬徨的人，他忘不了死難在異地的同胞，終於斷定年青時的抱負是錯的，之後他說他和同輩的人都是孤兒，要自行奮鬥，於是成爲社會的理想家。他說他要改變桑梓，但連續競選鄉長都失敗了，他是地方上出不了頭的人。他看看自己難免要無用了，很晚才娶妻，生下林毅和林毅的姐姐。林毅問我是否會嘲笑他的父親。我說現代社會裏很多人也都是這樣，並沒有奇特的地方。

「但鄉里的人都嘲笑他。」林毅接着說，父親也曾力圖改變自己，他曾告訴林毅人要向現實低頭，有根地活下去，要有陽光，不要死鑽牛角尖，但他從改變不了什麼，還是懷抱以前的空想。林毅問我，他不知道父親對不對，我告訴他人人只是習慣一種生活方式的，而旣然習慣了就很難改。

「但我還是很崇拜着父親的。」林毅說他早就想學父親，雖然他認爲父親的失敗是很不光彩的，但自小他就聽慣父親的談話，那些不盡滄桑的故事像食人的魔髮糾纏在他的身上，有一天他終將以父親的替身去完成父親的宿業。林毅又說他擺脫不了父親給他的影響，他只好任着下去。他又問我這樣做對不對。

「對。」我說。不過我告誡他我雖然不把他當小孩看，但以他目前十七歲的年齡就想這樣的問題是不當的。

「所以有時我是痛苦的。」林毅說他有時不能感覺他是以什麼身份活在這個世界。

我覺得很吃驚，像這樣的小孩，生命裏頭竟然交織着這麼多現代的意識，他的血脈奔流着被迫害，被毀滅的毒液，正常的人生遠離了他，生存的權利被恐懼懷疑所剝奪，他以新生的一代來到這世界，却只做前一輩的意識傀儡，活着像幻夢一樣，他見不到眞實，是虛妄的人。

最後臨走前他說我是他的老師，一定要幫忙他解脫困境。他說：「不論用什麼手段。」我很累，便說好，但隨後我警覺到我可能回答錯了。

那包禮物還留在桌上，我預感到有某種事情會來臨到我和林毅之間，而且可能是不幸的事。

7

教育單位又下了一張限時的公文，指示着要加強濱海地區的教育，單位說海濱都是窮苦的漁民，風俗低陋，民風強悍，許多人爲了謀生，遷入都市，但大多組織不良幫派，造成幾次集體械鬥的事件，我們的責任是「查看民謨」「端正風氣」，學校便派我們去訪問。

因爲去過林毅的家，訪談也有了經驗，便挨家挨戶去拜訪，不過我發現一件事實，這地方的人太多不希望子女上進，並且把老師的訪談當成一種重大的困擾，他們不惜和學校衝突爭論。

然而，不喜好人家的打擾怕也是一種人的本性吧。宋仁志娶了太太後就搬出了我們的宿舍，他們開始很認眞地生活起來，他先買一個大的書橱，裏頭擺滿文房四寶，一下班就跑回家，我們都說他福份不淺，因爲他的太太實在很漂亮。

一過四月，暮春姍姍來遲，海濱沐浴在金黃的陽光中，重要的時刻來了，許蕙果然考進了銀行，年青的同事們都喧鬧着，大家都希望這個小圈子不要變動，如今有人要走，大夥兒便提議在她未辭職以前舉行慶祝會。我們擇定一個週末晚上到海邊去開營火會。我帶着林毅和幾個學生去打雜。

這處的海灘排列着很寬整的木麻黃，以前曾經是小型的海水浴場，但平日少遊人，又出現過鯊魚，便廢棄不用，但仍留着一棟二層的甌樓，我們把漁網和籮筐搬走，騰出空地，圍在那裏燒着火。同事們放了很尖的熱門音樂，有些人跳起舞，有些人烤着土司。一輪的中天月色透過木麻黃的葉隙照耀在沙灘上，有點幽玄的浪花動盪在遠方，時值退潮，海的聲音十分遙逸，我張開澀澀的嘴唱和着民歌，額頭却很怪異地滴着汗，阿笠跑過來幫着添火，我問他是否感到燠熱，他說不會，我又問他海潮什麼時候漲，他說明晨二點。我問他感到海的怪異嗎？他又說不會。

有一個同事彈起吉他琴，帶着很重的東洋味，他說學校的生活很拘束，今夜他可要放浪一番，跟着就很桀驁地唱起來。

入夜，我和許蕙跑到一個擱淺的馬達小艇上，帶着苔草味的風從海上吹來，月光底下可以看到許多的蟹子在奔跑，一些影子都在搖動。我和她並肩坐着，說：「今夜的景物好像都很虛妄。」

許蕙聽了看我一眼，我忽然後悔不該說這話，她是不會懂的，我只好自言自語說：「大概是今晚我的心情煩亂着吧。」

她又看我一次，說我今夜有些神經兮兮。我拭掉額上濕漉的汗，便看到她側低着的臉，一綹溫柔的髮橫捲過她的耳際，那雙手合掌地放在膝蓋上，玉石的手鐲在她手腕上輕輕地搌，我忽然想到，若是我失去了她，一定不知道怎麼走回海濱的這條路，我想到要擁着她永遠坐在這裏。但是浪漫的思想一下子就過去了，因爲等到許蕙模仿駕艇的動作時我們都大笑起來。

「不該鼓勵妳去考那個什麼鬼職業。」我說着。

她便告訴我那是一百多個人中錄取出來的，不是她故意去考取的，她狡滑地說：「是許多人的錯。」

一下子我又有了虛妄的感覺，但我說：「妳就要離開這學校。」

她又告訴我這不影響她對我的感情。我說分離是不好的，她問我爲什麼，我本來要說因爲我們彼此相愛，但覺得這種話沒有意義，於是改口說我們不在一塊了，河岸留給誰走。接着我們都微笑起來，她把手環在我的頸上。

走回營火邊，許多人都睡了，我看到林毅在木麻黃下望着海沉思，許蕙勸他去睡，他說不要，後來許蕙走了，我和他聊起來，他仍然談着他父親以及家裏的事，我問他憂傷什麼嗎？他說沒有，又問他還有隱情嗎？他也說沒有，我又問他是否想到他姐姐而恨她，他也說沒有，不過臨走前他告訴我，他已決定要衝出困境了，我驚異起來，看着他，忽然發現他眼神困乏得可怕。

終於在半睡半醒中被叫喚聲驚醒了，一個學生倉促地來到我的身邊，他說剛才他們在舊浴場游泳，林毅一直游向深灘去了，我聽了趕過去，看見海邊籠罩一層霧。

舊浴場邊的硬牛鼻草都沾了許多的露，每碰撞到一棵木麻黃便嘩嘩地掉了許多的水，海水戞吱戞吱地湧盪在灘邊，看來海潮正値飽滿狀態。距離昔日警戒線很遠的地方一個黑影在搌動着，浮沉着像一塊木頭。我忙着在四周找東西，但看不到附近有竹筏，我大感震驚起來。後來我想起我曾賽過游泳，便脫了鞋跳下去，不知所止的游過去。

海浪很巨大地在我低伏的視界裏蠢動着，每當一個浪頭擊過來我便借機鬆一個衣服的鈕扣，後來脫去了內外衣，但容易衰竭的體力使我覺得震駭着，我一直估量我和他的距離，想着千萬不要把所有的體力浪費掉，但又怕在我還沒有夠到他時失去他的踪跡。

陽光適時而鬼魅地透過薄霧，照得我眼前一片迷離，泅湧過舊警戒線留下的木樁時，我眼底浮現着硬殼菌類的金黃反光。我感到水衝到我的眉睫又消退，消退又衝過來。

很費時，我終於游到他身邊，但他彷彿已經喝了許多的水，人也昏厥過去，我困難地去抓他的人，忽然我全身刺疼起來，像針扎般戳斷我每根的神經，我眼前便迷亂成一片了，最先我看到他遙遠地漂走着，又看到他在我身邊清醒過來，他翕着嘴唇，好像是說：幫我脫離困境吧！而他的顏面在迷離的陽光中擴大得像天空，那裏頭奔騰着許多不實的烽火和殘殺，像疲乏的螢光幕刺殺着我的眼睛。那刻我腦際閃過一個念頭，放了他吧，讓他去吧，他的生存是沒有意義的，但是我還是抓着他，掙扎翻滾地游回來。

經過很漫長的時間，我終於把他拖到海灘上，這時奔來許多人，霧在陽光中逐漸散去，但他已經死了，他的頸項留下我的指痕，命運的指痕。

8

我眞的疲憊不堪了，學校允許我請四天假，我躺在床上不想動它一下。同事都來慰問，他們都說不要爲學生的意外而難過，愛自己的弟子是一種義務和責任，但老師並不是萬能的。我告訴他們我並不難過，而實在是游水時浪費太多的體力，他們都說我假話一大堆，旣然他們不相信我，也只好算了。主要的是校長也來看我，他是上司，比較能思慮深遠，他說發生這種不幸的事件是一件壞事，學校的名譽將會有重大的打擊，如果上級追究下來就難辭其咎，另一方面是我的考績也會受到影響，因爲我剛出來教書，班上的學生就出事，這證明我已不是優良的老師了，我在校長的面前沒話說。後來他以爲我悲傷過度，所以轉個語氣說這件事他會爲我承擔起來。

「我準備發動一次救濟。」校長告訴我說：「因爲林毅是貧寒學生，他家現在正需要救助。」他說這是一項慈善義舉，又可以培養學生的同情心，一舉兩得。我告訴他我是沒有意見的人，如果學校認爲這樣做是對的就做好了。他又向我拿了林毅生前的資料，並說要馬上去看他家，他問我是不是也想去，因爲我和他家有一面之緣，我說不想去，校長吃驚一下，但馬上又斷定我悲傷過度，需要節哀療養。我很覺奇怪，難道人人都把師生情誼看得那麼重嗎？兩個警察後來也來了，他們說我是最重要的當事人，問了許多的話，比如何時跳水去救他，拉住他的時候情形怎麼樣，到了沙灘又怎麼樣，我告訴他們，我想不起細節。他們拿着筆在紙上沙沙地寫，很快就回去了。

過了假日，又去學校，剛進校門就碰到宋仁志和許蕙，宋仁志要我過幾天去幫他搬東西，他又想回宿舍，我問他爲什麼，是否住得不慣。他說不是，因爲他太太出走了，把他許多的細軟都帶走了。我叫他不要悲傷，這件事應該由法律來解決，那幾個老兵和山地女人顯然是串通詐騙，但宋仁志老說算了，既然事情這樣，他已不想挽回，他說他現在很快樂，因爲又可以跟我們住在一起，我爲他的壞運而悲哀，他是想力圖振作而終告失敗的人，但我的悲哀，急速地被倦怠所遏止。後來他說聽別人傳言我的學生游泳失事了，他猜想我一定痛苦極了，因爲從我削瘦的外貌可判斷出來，我沒有回答他，只說好了去搬東西的時間，而後就走進導師室。

許蕙近幾天忙着要辦辭職手續，我看她又在斜對面塡表，忽然她抬頷看我，把那張單子揉掉了，她釋然地笑着，她說有一件事她想通了，我說什麼事，她雀躍地笑着，她要把離校的日子延後，因爲我的病還沒痊癒，她要看顧我，陽光還是很金黃美麗地照在窗外，我多麼想說感謝她，但幾次都沒說出來。

嚴重的問題終於到了。

過了二天，我和阿笠把宋仁老的傢俱全搬進屋子後，跨出門檻，便看到兩個警察在外頭，用很嚴肅的眼光看着我，我頓然有些不愉快，但他們是値勤，我就請他們到裏面坐。

「死者林毅是你的學生，對不對？」當中一個戴着草花帽緣的警員問我。

「對。」我說。

「你喜歡他嗎？」

我說喜歡什麼。

「喜歡死者林毅。」另一個帽緣沒有草花的警員說。

我一下被問住了。我只好坦白地說，我對林毅常懷着責任心，但不知道是否喜歡。草花的警員解釋說有責任心就是喜歡。「但是。」他說：「他終於死了。」

我點了點頭。

「你很悲傷吧？」沒有草花的盯着我瞧。

我想了一會兒，說沒有。他們嚇一跳，好像找到什麼似的，沙沙地在紙上寫起來。

他們接着很細緻地盤問當時的情形。但我沒有能告訴他們什麼，我只說林毅可能早就有自殺的決心。後來我又覺得自殺也沒有意義，我乾脆說我眞的記不起那麼多細節。

警員們不放鬆地繼續問。我終於很累了起來。我問他們，到底想幹什麼。

「指痕。」突然草花的警員便用力地站起來，他把一張死者的簡圖遞給我，他嚴酷地盯着我：「好，你如何解釋他頸上的勒痕。」

我一看，想起那天陽光下霧底的林毅屍體，那皙白的頸上有四個狠力的指印，我覺得那種撼人淒絕而虛妄的美，我大叫了起來。

「好。」沒有草花的警員也傾過身來，他指示着圖，他說：「左頸四個指痕，右頸一個，很用力地掐扼着啊。」

但我的震驚又馬上被倦怠所淹沒，我累極了，我照實說，那天我虛妄的病發作了，我看到他漂走了又漂回來，又張開嘴，那時有一種很迷濛的美。其他我都忘了。

他們聽了都笑起來，他們說：「禹先生，你的話我們不懂。」

「不懂什麼？」我又說。

他們告訴我不懂我的話對這件事有什麼幫助。我說我說的都是實話。

「那麼。」草花的警員用着憐憫的眼光瞧着我，說：「依現在的判斷來看，林毅的死和喝了過多的水以及你的勒痕有關，兩種可能各佔一半。」

「而且，」另一個沒有草花的警員也瞧着我：「喝的水雖然很多，但不致於死得那般快啊。」

我很不能專心地聽，我簡單地說我不是那種逃避責任的人。

阿笠把煙拿到我的室內來，遞給警員，他們都抽着了。之後他們忽然狡黠地問，到底我的動機是什麼？我說什麼是動機。警員溜着眼神便不說了。後來他們說：不論怎樣，這件事會查明的，只要死者的家屬提出驗檢。

我很累，便打開窗子聽海潮，那河面上躍動金黃的陽光。臨走前，警員問我什麼是虛妄的病。我說那是一種感覺，感到沒有一個人脚踏着地活在這個世界上。

他們笑着，便走了。

9

隔天，學校的外頭開始羣聚了許多人，他們都高喊着殺人償命，同事們也都停了課站到校門來，整個校園都囂鬧起來。林毅的母親也到了，她被村裏的人擁到前頭，蒼白的臉上掛滿了眼淚，她纖細地走到我們的面前，一直說她不明白這件事，她想不到會有這種事。

校長走到前頭去，他要每個人都靜下來，他說事情旣然演變到這種程度也是出人意料之外的，一切都很難說明，他指着我說我是勤奮負責的年輕老師，絕對會給大家一個公平的答覆。我雜在他們之中，彷彿覺得發生的事與我無關。

「很好。」一個村裏的大漢便站到前頭來，他曾經爲了補習費和學校吵一場，他說：「潮聲國中一向虛浮誇張，現在露了馬脚，大家都可以看清底細。」他說一定要「追究到底」。

我只好走出來，努力張開疲乏的眼睛看着林毅的母親，我說很對不起她，但這件事只是意外，不要遷涉學校。

圍觀的人都喧嘩了，他們說我就是學校的最佳代表，又問我爲什麼殺了林毅。我說我記不起當時的事，我也沒有殺他，這是在虛妄的情形所造成的錯事，他們都不滿我的回答，嘘聲四起。「這樣我們別無他途。」當中有一個人說：「我們只好提出申訟。」

傍晚來臨，我的精神老是沒有清醒，便和許蕙沿着校園走，有她在我就不會覺得那麼無聊，有一種很溫熱樣子的炊煙由矮牆外的人家裊裊升起，許多漁人都把籮筐吊在屋簷下，我們又到外頭的每條小路走，而後到河邊去。

多雨的季節使河水高漲，很疏落的水草浸淫攀爬在岸緣，海鳥穿織般地掠過水面，許蕙問我到底事情的眞相是怎麼樣的。

「你原是要救他的。」她細心地問我。

「是的。」我說。

「然後你游過去。」她說。

「很賣力地游。」我說。

「你拖他回來。」

「對的。」

「但他怎麼死了?」她問。

我忽然覺得無聊想說不知道，但我也想到了，那時彷彿有一刻我是想放棄他，不救他。並且認爲他是不值得活的。我一下驚怵起來，莫非眞的我有了殺害他的意思。但想到殺害什麼的又覺得很虛妄，我無法把不救他和勒甃他連結在一起，我只好又說不知道。

她好像不快樂了一下，但又很快地開懷笑着，她問我怕不怕這件事，我回答她說不怕，她又問我如果眞的犯了這樣的罪嫌怕不怕，我也說不怕，後來我反問她怕不怕，她說她很怕。我很荒唐地說我會保護她，便把她攔腰抱過來，我們急速地依偎着，風砂捲起我們的裙裾和頭髮，之後我到她住的地方去，隔天早上，床上留有我的汗珠和她的唇香。

學校的同事也開始噪起嘴了。他們說起那天不該去營火，平素和我交往的朋友都說我不該去，不交往的朋友都說我何必逞雄去救人，但他們都有一個共同的結論：我是不能逃脫和這件事的關係。開班會時我們都聚在導師室前，校長也下來了。

「我不能相信你勒甃林毅。」校長禁不住地搖着頭：「但證據確鑿啊。」

同事們一聽都低聲地吵雜起來。唐天養說他是不相信這樣的事，他說昨晚幫我算過命，我的八字沒有凶禍這一運，何況我是一向與人無爭，是個淡泊的好人。

「但是這也難說。」教務的盧主任也說：「根據我的經驗，禹先生是個很難推測的人。」

阿笠和宋仁志都說他們相信我是無辜的。

「他是因循的人。」事務處的小姐也站出來說。她說到現在我還沒辦保險證，但我是個病人，她說自從來到學校五、六年都沒有碰到過我這樣的人。

「是的。」以前曾追過許蕙的年輕同事也說：「他是沒有能力照顧自己的人，他怎能救人。」他說我做一些事都是很欠考慮的，純以激情，大家聽了低聲又喧鬧一會兒，那個同事爲了要使大家明白，便說我和許蕙在一起是不適當的。

我很不想說話，只告訴他們這件事不會累及學校，請他們不要慌張。

但他們彷彿都對累及學校與否沒有興趣，他們都談論我的個人。

「我爲許蕙惋惜。」那青年同事又說：「她不應該和禹老師來往。」

我累着，但忽然有一種廻返的力量透過我的身體，我大叫說，你們都不要說了，這件事與我和許蕙的愛無關。但那青年同事又說着，我忽然跳過去，一拳擊在他的頭上，他很快地跌倚在牆邊，我叫着說：「這件事與許蕙和我的感情無關知道嗎？」他說不知道，我又忿怒地打他一拳，問他知道嗎？他抹抹嘴角的血說知道。

然而，他們都生猛地低噪着，都在說我一定謀害了林毅。我又大叫，我說卽使我殺了他，也是因爲當時虛妄的病發作了。我說，我感到沒有一個人脚踏着地活在這個天地中，他們都遙遠地漂飛着，他們都是虛懸着啊。但同事們都不懂我說些什麼。

幾天後，校門來了一輛吉普車，跳下幾個刑警，村裏的人都嘩嘩地趕來了，全校的教員和學生都擁擠着，許蕙提着我的行李拉着我的衣角，我渾身的血脈十分地沸騰着。全身却感到從來未有的疲乏，一個刑警幹練地把手銬套在我的手上，他問我還有沒有話交待，我沉默着，這時圍觀的人都很愉悅地歡笑着，他們吆喝叫跳，我的神經很刺疼，又一一地看着宋仁志、校長、唐天養、盧主任，這刻裏他們彷彿都很虛浮地飄離了大地，我忽然又看見林毅和他的父親，他們都在霧裏掙扎着，像一尾被釣離水面的魚，一直在線端掙扎着，後來鈎鬆了，跌回水面，却死了。我有一種衝動想大叫：這是一個虛妄的世界啊！沒有人眞的活着啊！我要圍觀的人都懂得我的意思，但這是辦不到的。我只好把頭轉向一邊去，只瞧見附近許多破落的房子都張掛着網，樹木都矮而黃地顫動在陽光中，而一個久被我淡忘的乞丐又出現了，他蓬鬆着頭髮赤裸着上身雜在人羣中，許多的小孩都拿着貝殼和石子叫着：「錢啦！錢啦！這個錢給你。」笑着便搶成一堆。

花城悲戀

1

一九七八年春，我有機會在島南的海濱一帶服義務役，在隊裏擔任一名小小的尉官，終日和沙灘上的漁人和資深的老戰士們相處在一起。我本是一個沒有任何重大閱歷的年輕人，只覺得人生就像以往二十五年歲月般的美麗和寧謐，在這因緣之下，得以窺見世間的所謂貧窮和苦難，使得我原本波平的心湖爲之湧動不已。那些終日勞碌，黧黑額頭的海人形象，那些在戰場上殘疾了的老耋頹態困惑了我的心，最後，大約是我自己將眼前的現象在心靈裏給誇大了，竟至於使自己覺得好像來到了人間最崎慘的地方了。

然而，或許每個人的特殊經驗都像他的病痛吧，平日總不願來訴說它，但一逢適當的時機，我們便會以異樣的興緻，謅談個不停。

正當春深，整個島南的海濱椰林開始響起涼風吹拂的唏嗦聲，而海洋也開始變得湛藍的時候，我放假，回到中部的花城來。

這是一個縱貫公路上繁榮的鄉城，原野上種遍了綠色的植物，由於精耕所致，這裏遍佈了小小的花菓苗圃，裏頭生長着葡萄、石榴、山梨以及一簇簇的玫瑰。

我在「花之樓」會見了久違重逢的K君，他是一個警官。

K君是我中學校時期的同學。當時我們擁有一腔的抱負，我一直想在學術界做貢獻，K君却立志要在社會方面做一番實際的革新，末了我考上文學校，K君却進入了夢寐中的警官學校。在四年的教育中，我們也曾會面過幾次，但在見面時，似乎我們都黯黯地感染一種不振的心緒，我們都警覺到以往的英雄主義是多麼的天眞。最後，我們的會面便只打哈哈地談些瑣碎的事，諸如賺錢成家的事等等。這種習慣還維持不變，我常想，這或許就是一種人生的常態吧，也許很多的青年人跟我們也沒兩樣吧。然而，儘管K君已然不再追尋他當初所抱持的理想，但在某些言談裏，特別是社會實務方面，他仍保持着高度的興緻，偶而的人道觀點便像一種突發的亮光，砍殺過遼濶的黑暗，一時間，我也不禁怦然，爲之動容。

「花之樓」是一座兩層白色的小築，有着落地的透明的長窗，適切的飲茶雅座，它位在苗圃之中，以它爲中心，花園便用青石子舖成一畦畦的苗圃。時值花木蓊鬱，草花到處繁茂，風一吹過，嘩嘩的枝葉都抖動了，花園便一瞬間變成綺美的色彩世界了。

我和K君走在花園，他穿着一套深黑的制服，陽光照在他的徽誌上，閃爍着極其明耀的光芒。他一路把大盤帽挾在掖下，頻頻地說起最近對花的趣味來：

「這是一片鬱金香，第一次我見到這種花就被感動了，那時我突然因着煩瑣的案件而心煩意亂，在那當兒，我想着我的一生大約就要這樣地消磨在這個辦公室裏吧。倘若我心甘情願倒也罷了，但人總有看不開的時候，我還不願意這樣就束手無策。想着，想着，竟因這種單純而無奈的事體而苦惱不堪，於是騎了車子到這裏來。」

「就在這個角落，我第一次瞧見這片紫黑的鬱金香，那種鑲着絨毛的花瓣，那些綠嫩的葉子，濕濡的根莖，顯得那般的純情，顏采生鮮而適切，由於目睹這種大自然刹那間的美，使我對自己的無助悲切而感憤起來，我不是悲觀主義者，但那刻我的的確確想到『生卽是苦』的這句詭譎的話。」

他不停地說着，直捷地搖動他手裏的一份資料袋。最後他看見我笑着注視他時，便把話給停了，說：

「你不會笑話我吧，一個警員竟會對花做出這樣不切實際的感懷。」

「不會的。」我搖搖手對他說：「我相信你的話，勿論在那個地方，苦惱總是存在的，但若拿一種苦惱和另外一種苦惱做比較，有時候會覺得那一種苦惱實在是蠢笨而且微不足道的。」

「哦。」他用一種洞識的眼光來瞧着我了，說：「看來你一定有一番不同的際遇吧。講這種話是很不容易的。」

「是的。」我點點頭，便談起那些海人和老戰士了，我說：「一羣漁人曾在濶藍的海上飄流了三十天，糧盡水絕；另外有一羣戰士被困在一個石壘城達半個月之久。」

「哦哦。」他說：「他們告訴你的。」

「是的。」我說。

「後來呢？」他說。

「後來……」我正說着，發現我們已走進了花之樓裏。

裏面的侍者微笑地引導我們坐在東側向陽的窗邊，由這裏可以從透明的玻璃瞧見連綿的花圃，許多的蜂蝶都飛舞在這個天地。

「後來。」我說：「那羣漁人把一個死去的男童吃了，老戰士全被殲殺在那石壘的戰壕裏，只餘着一個從屍堆中爬出來。」

「哦哦。」他重重地點頭來回應我了。

「但是，他們從未感到像我們一般的苦惱和所謂自然的美，他們死裏求生，而把自然看成是一種敵人，等着他們去克服。」

「是的。」K君又重重地點着頭，但他的眼神却變得幽深而寂靜起來，他說：「你談的是一種極端的境界，你現在是軍人，這我知道，但人類的苦惱和苦痛是不能拿那種極端的情境來比較和衡量的，好比是一棵遭受颱風摧折的巨樹並沒有權利來否定一場冷雨對花蕊的摧折的傷痛一樣，正如一個爲着他的江山流血費神的巨人也不能否定一個販子爲三餐來胼手胝足一樣。人因着他環境的不同而感受到的痛苦也各異。在炮火中、在饑乏之中，人會鼓起意志去對抗環境，因之他是不易受到摧折的，說不定不覺得痛苦，但是一種平常的環境裏，人却往往被一些自求的苦惱所困惑了，終於不能自拔。」

「人眞是一種奇妙的動物啊！」他說：「人只在不同的環境裏品嚐痛苦罷了，這些痛苦同樣會加害於他們的。我們應該將他們一視同仁，以之我們方瞭解到人世間的複雜和多樣。」

「來！」他忽然雀躍起來，說：「我現在就告訴你一個實例吧，在我們這個良好的時代裏，在前幾天，在一個富裕的人家所發生的個案。你會以爲這樣一個日進千金的家庭裏，應是一點苦惱也沒有，但你就想不到，他們每一個人都深深地感到活着的爲難。」

他迅速地把桌上的東西都收拾到一邊去，捲起袖來，「唰」地從他緊握的資料袋裏抽出一叠公文，他說：

「這是一個案件。我花了一個星期零星地整出一點頭緒，它只是一個極普通的悲戀案件，但却這樣深深困惑了它關乎的每個人。」

K君說完，便整個人躺在雅座的沙發裏，啜飲一杯澄綠的檸檬了。我爲之心動，便開始翻動這案子的資料，竟至於爲它吸引——底下，我將摘述這份小小案件的經過，我以爲，由這份資料我或許窺出了我睽別已久的社會的一個層面吧！

2

一、**案情簡歷**

二十二歲青年周樺（花城人，×醫校肄業），涉嫌誘拐未成年少女范丹玉（花城人，十七歲），於該女懷有三個月身孕時，移情別戀。本（五）月四日，范女企圖仰藥於花之樓，爲侍者發現，送往急救，生命垂危。女方家長依法提起告訴。

全案刻由警方調查中。

二、**花之樓女雇員吳秀琴的談話**

是的，警員先生，就是我送她去醫院的，多令人心疼喲，警員先生，我第一次看到那麼漂亮的小姐躺在那一大堆嫵媚的花堆中。圍過來觀看的人都說：她死了！她死了！怎會？她彷若還笑着呢。於是我和阿巴桑都俯身下去查看她的鼻息，就在那刻裏，我們聞到一股藥味（侍者一面說一面搖頭）。

哦，你說這件事一定給我們帶來很大的麻煩。不會！當時顧客都只是詫異，沒有認爲是大事。彷彿大家都在報章、電視看慣了這樣淒絕的事。但他們也終於第一次看到我們花之樓美麗的花木了，那漂亮的小姐就躺在一大堆的大理菊、玫瑰、紫丁香和數不完的十字花科之間，一朵朵、一盞盞都盛怒着，這些全是我們花之樓種出來的。（侍者不能掩飾她的驕矜而笑起來）

是的，警官先生，這些花這是她買的，那天早晨，她走進來，說：買花。我注視了她好一會兒，平常我是經常看見她的。我知道她住在這附近。她唸夜校，常跟她的友伴到花之樓。但是，那天，她把頭髮梳高了，露一個鵝蛋形的臉，露珠還停在她稚氣秀挺的鼻樑上，像東洋的女星吉永小百合。我差點就不認得她了。她笑着說：琴姐，買花。我說：好，要那一種的。她很高興地從大圓弧的裙裾口袋裏掏出筆，在帳單上很認眞地寫了。後來，她說：好了，請送過來。便遞給我，轉身就坐到角落的雅座去了，我一看，大吃一驚，她竟然買了這麼多的花。

哦，是的，我剛說她常和友伴到這裏來。哦，那些友伴是男是女嗎？男女都有，大約都是她的朋友吧，反正現在的社會就是不同以前，男女總是湊在一塊，現在的女孩子和以前不同，都解放了！都解放了！（說着，侍着寬柔地笑着）

哦，問那以後有沒有人找她。哦，我想起來了，一大羣，當我送她去醫院後，有一大羣女孩便來這裏，她們全都是十七、八歲，她們來到櫃枱，笑鬧成一堆，我第一次察覺出當今的小孩是多麼幸福，而後一個活力的女孩說：找人。我說：找誰？她說：穿圓裙裾紅短袖的。我說：她不在。她說：去哪裏？我說：她仰藥送到醫院去了！於是，那羣女孩子「吱」地叫了一聲，駭駭然地注視着我，禁不住掩面哭泣起來了！

三、范女的同學姜秀美的談話

在這個夜黯時候要來談這個問題，恐怕會力不從心的，我很累呢！（說着，姜女勉強振作起她的精神）是的，我們剛和附近的男孩子辦了舞會，只是這次缺了丹玉，昨天我們都去看她了。她還昏迷不醒呢！（說着，姜女憂愁起來）

哦，我是她國中時的同學，一起上課一起回家的要好朋友，但轉眼間，我們都供職在社會上了，我在電信局上班。哦，問我工作還辛苦嗎？還好！只是常常遭到困擾罷了，有時許多的男孩子都等在櫃枱邊。我們放下接聽器，問他們幹什麼。他們一語不發，只遞一張電話接播單來，你猜那上面寫什麼？（說着，姜女停了幾秒鐘）那上面寫着：請你們星期日烤肉去！他們的態度殷勤又耐性，如若和他們相處久了，一定分不清他們好壞。我們曾和幾個看起來斯文漂亮的男孩子交往過，後來才知道他們都是專門來玩愛情遊戲的，只差沒有被騙罷了。如果和丹玉一樣，我想我們也不想活了。（說着，姜女露出疲倦的微笑）

你問丹玉也受那類男孩子的困擾嗎？哦，這我不能確定，但大約是不會的。她有那麼富足的家。范伯伯是餐館的老闆，又是建築商呢！何況丹玉長得那麼漂亮。花城的男孩子只有看着的份罷了，他們替丹玉洗脚的資格都不夠格。你要知道，天底下的男孩子最自賤了，他們可以不管女孩子的一切，只光看女孩子長得漂不漂亮。丹玉是絕不會和那些人在一起的。但我聽說她有一個很要好的醫校男朋友。

哦，你問我，最近她和我們做些什麼事嗎？最近都是她來找我們的，和以前是有些不一樣。以前我們下了班常愛去她的家談天，她家的廳堂又寬又大，我們窩在那裏就不走了，客廳裏又有音響，我們甚至跳起了土風舞。但最近她來找我們了。很拉雜地談着話，她說專校就要畢業了，想離開家。

最後的一次見面嗎？哦，最後一次是在野菊湖那裏郊遊會面的。客運公司和公職機關的男女職員都來了，大家推擠成一塊，摩托車停了十幾輛。大家又吃又笑，天曉得玩什麼把戲，丹玉也來了，這次她把自己打扮得典雅極了，束着髮，綠絨長裙，黯紅上衣，戴一串銀白垂長飾鍊，男孩子都盯着她瞧，好像一千年都沒見過女孩子似的。

後來，大家圍坐着瞎聊天，客運公司那個天知道的站長起來主持節目，他說：我們今天是小型的「火花」聯誼會。我們女孩子聽不懂什麼是「火花」。他便說是「愛情的火花」。你聽聽，噁心不噁心。最後他還說，別的地方也有火花聯誼會，是專替嫁不出去的女孩子舉辦的。

我們聽了便嘩然叫起來，大家爭着去捶打他了，丹玉自然也雜在那裏頭，嘻笑地叫鬧成一堆了。

但後來，丹玉竟坐在我們當中，默默地流着淚了。我們吃一驚，便圍過去，那些男孩子看到漂亮的女孩子流着眼淚，就自作多情了，他們全是一些怪人，怪頭腦，怪思想，他們都喜歡女孩子流淚，他們全以爲女孩子流淚就表示向他們投降了。

我們很憤怒地嚷起來了：回去！你們這些鬼男人，全都是你們惹來的禍！然而丹玉却說：和大家在一起我覺得很快樂，我一直就想不到你們是這麼有趣地生活在一起，如果我是你們就好了！

終於，我們在黃昏時回到花城的街道來，但丹玉只在街路低着頭走。我說：回家去！丹玉說：我不回家！我找姑媽去！

四、范女的姑媽的談話

是的，就是那天晚上，阿玉住在我這裏，警員大人，她好比是我的女兒，我未出嫁時就帶她長大的，那時她就討人喜愛，聰明伶俐。而後我出嫁了，到我先生這裏，也時常把她帶過來。她越長越漂亮，我常說：范家出美女，就連我這個姑媽也是有榮耀的。然而，有一天，她來了，竟說：姑媽，我懷孕了。她坐在沙發裏嘔吐着，臉面一片青蒼。（說着，范女的姑媽嘆一口氣）

她懷孕了。嗯？我當時嚇一跳，撑着她的手都有點發抖了，這可憐的孩子，還未二十歲呢！她的前途無可限量啊，還沒訂婚啊，好家教的女孩子。但是她說她懷孕了。我摸摸她衰弱的冰涼的手，說：嗯，不要緊的，妳先到裏面躺着，有什麼事，姑媽替妳撑着。但她笑了笑，說：姑媽，我沒事的，我自己會處理，用不着您擔心。

對了，當時我立刻想起來了，一定是那個周家的男孩子，他欺侮了丹玉。這個男孩子一看就是沒有個性的那種青年。人是乖巧得很，又聽說是周律師的兒子，有名人家的子弟，但他沒個性。警員大人，青年人不能只唯唯諾諾，要有決斷力。那時我就對丹玉說過，妳姑媽當初嫁人就不想選擇那種一表斯文，這也好，那也好的男孩子，他一定要有作爲。丹玉只點點頭，她說她知道，你看，警員大人，現在的教育都怎麼了，只教育一些不負責任，只光想愛情而沒有個性的男孩子。

哦，問我丹玉那天晚上的事嗎？是這樣的，警員先生，那天晚上她來了，衣服沾些草花，她說剛和朋友郊遊回來。我很擔心了，難道我大哥都不關心這個女孩子了。他們一定知道丹玉懷孕了，但怎好放心地叫她一個人出來呢？我拉她坐在沙發上，燒一杯咖啡給她。一面喝着，我就告訴她，女人的一生只有丈夫和孩子，她的終身幸福就是這兩件，以外的全都是假的，因此選錯了人便會誤了一生。我說着，她竟汨汨地流眼淚了。我一時間感到說錯話了。你看，我這個愛嚼舌的老姑媽，竟把丹玉當成一個完全的女人了。她還只十八歲呢！還是小女孩子呢！

我因此又問了她一些話，我說：常去周家玩吧？她點點頭。我說：周樺有沒有說要娶妳？她搖搖頭。我說：這還得了！丹玉說：他沒有錯。你聽聽，這女孩子多溫馴，她竟說周樺沒有錯。我說：他沒錯，難道是妳錯了！她搖搖頭。我說：他家呢？周嫂怎麼說？她說：周姨什麼也沒說。

你看，這眞糊塗。他們全都是有頭有臉的人啊！都是富裕的人家啊！但遇到這件事却不知道怎麼辦。這怎麼對？我就說：好吧，明天姑媽一起跟妳回家，向妳媽問個究竟。

然而，丹玉只搖搖頭，她說：我媽已和周姨吵了兩個月了。

五、周樺的母親的談話

嗨嗨，范家這樣就來控告我，我就害怕了？我才不怕，老實說一句，這可是大家心甘情願的，是他們自己來的。哦，她們以爲這樣就毀了丹玉的一生，但難道不也毀了我們周樺的前程。他們是故意來攀援我們的，現在事情弄糟了，就告起我們了。

細想起來，這是一年以前的事了。一年以前，我丈夫到北地去，家裏只剩我一個人。孩子都在外面唸學校。便爲了排遣寂寞，許多好友聚到我家來。說出來也不怕你們警察曉得，偶而我們打打牌，或一起去各地逛逛走走。最重要的是我們組了一個烹飪研究會，這個名稱好極了，我們現在還準備把它擴大呢！

便在那個時候，范嫂來了。她中年後的身裁是發福了，從前她是很漂亮的，我們這些女伴都曉得，但現在雍容肼膩了，她加到我們裏頭來，要研究烹飪的技巧。我們每一周都要請一個專家來講解，不論好壞，我們都學，范嫂是很高明的，她學得很快，技藝都是一流的，和她精邃的目光是一樣的，她的技巧也是精邃的，但我們不知道范嫂爲什麼還要跟我們學烹飪，只是有一天，她說：周嫂，我想與妳結拜成金蘭姐妹！

她說要和我做眞誠的姐妹交往。是的，這是花城這個地方的傳習，大家仿若都是親戚朋友，她說這句話的時候，我們正囂鬧地煮着吃的東西。大家都在興頭上，於是我說：好！大家都歡呼起來。之後，每逢聚會時，她就把家裏的小孩帶過來，那時，丹玉就常常來到我家了。

丹玉這個女孩子很乖巧，大家都喜歡她。當初我也像照顧自己的孩子一樣來照顧她。這個女孩子識大體、有敎養。大家都說：娶到這樣的女孩子一定是有福氣的。但那裏曉得事情這麼糟！

我們周樺常回來，他父親的家敎很嚴，大大小小事情都要經過我們的同意。他還只是小孩子罷了，唸了那麼多的書，還不瞭解社會上的一點一滴的事。

哦，問我知不知道他們是怎麼交往的。這我當然知道，他們常去看電影、看書、看花去。走在一起眞像兄妹，大家都說：周家和范家原來就該是同宗的。但有一天，我問周樺說：你是不是喜歡丹玉。他說：不知道！我吃一驚說：爲什麼？他沒有答話。

從此，周樺開始不想待在家裏了。他老是說：這個家是交際場，充滿虛浮、矯飾、敷衍、應付……一大堆的話。我警告他說：你是唸醫學的，懂得心理，不要犯了人生階段上的病。他說他講的是實話。我告訴他，這就是人生，是生活，不要把它想成壞事。他說：我在學校和一些朋友來往便不會有這種感覺。我警覺到這一點，說：你說朋友，男的？女的？你有女朋友，對吧？他說：對的。

我便向范嫂提起這件事，但她只笑笑，說：他們年齡太小不懂事，我有辦法改變他。

爾時，他父親希望他出國，家人都盼望他娶個高明的太太，最少也要有很深的學歷，我們不希望他太早就結婚，我們也不同意他和丹玉有更深的交往。

於是我們警告周樺，不要和丹玉過度交往。

周樺點點頭，但却從不提這件事。

但隔一段日子，范嫂找來了，她說丹玉懷孕了，我們要負起全責。

我現在才知道，我們是中了范嫂的計。她不擇手段想造成事實，硬把丹玉嫁給我們周樺啊！

六、范母的談話

眞沒想到丹玉會尋短見，警員先生，她還沒有脫險啊！若丹玉有什麼三長兩短，叫我怎麼再活下去？嗯，你都不知道，昨晚我去了醫院，她昏睡在那裏，我搖搖她的膀子，但她只張開眼睛，靜定地望着我，一句話也沒說。從來她就沒有這樣過。你不知道，她從小就漂漂亮亮，每個人都喜歡她。她常說：世界上最樂觀的人就是我，其次就是母親！我說：女孩子當然要快快樂樂，這樣才會對別人對自己有益……（范母含糊地說着反覆的話大約五分鐘）

他們要負這個責任！他們要負這個責任！（范母突然大叫了起來）他們誘拐！他們存心來佔便宜！今天事情既然演變到這種地步，他們應該自動來提出解決的辦法，但你猜周嫂怎麼說？她說：大不了賠錢了事！

什麼賠錢！哦，我還稀罕嗎？一百萬？二百萬？一截地段，幾幢樓房，我不要！我們范家不缺這個，我說：只要周樺娶了丹玉就沒事。他們年輕人做的事由他們來解決，不用我們干涉。但周嫂坐在牌桌上不說什麼。現在丹玉尋短見了，我們不能坐視了，警官先生，我就這樣來控告他們。

警官先生，我不客氣來說一句話，今天他們周家來娶我們范家到底有什麼不好。是財產比他們少嗎？丹玉不漂亮嗎？我倒要看看，你在花城這地方那裏去找一個像我的這種家庭。他們存心不理這件事是什麼意思？人不能太挑剔，何況這事已到了不堪收拾的地步。好，他們抬高了自己的身價，以爲我們范家提不出辦法。現在我們就提起這個控訴。

哦，警官先生，你一定要知道。不論多少錢，我都花的，我們不能在這花城讓人看笑話。我要爭這個面子，除了他們來娶丹玉外，我決不會那麼容易地放過他們。

七、周樺的談話

有一天，我的父親病了，在家療養，我從學校回來，在他身邊，他說：周樺，你來！那書架上的日文書你拿來。我便取了一册經濟之類的書，他指了一段要我翻譯，我還不能全懂，他很不高興。

他說：不行！不行！不行！我父親日文一向很好。大戰時在日本，戰後回鄕的他很想念日本的師友。有一次，他對我說：有一天，你一定得去帝大一趟，那裏的課業比這裏進步一千倍。

哦，是的，警員先生，他們都在誇大自己的想像，但是現在五、六十歲的人，有什麼比他們的懷想更令他們覺得重要。因此，有一次，他說：我去機場一趟，迎接熊田老師，昔日的同學都聚在那裏，你的相片拿一張給我。

他說要我的相片，我猜不透他的意思。我拿了一張我同校的女友替我拍照的相片給他，背景是一幅史懷哲的雕相。我女朋友已和我交往三年，她今年畢業，到異國去了。那時她告訴我，期望你是個像史懷哲一樣的人。她走了，但我一直不瞭解她。

幾天後，父親送走了日本的師友回來，他高興了，說：周樺，我告訴你一個好消息，熊田拿走了你的相片。他說歡迎你去他那裏。他並且說有個女兒要寫信給你。我果然給父親的話弄得糊塗了，我以為父親的頭腦仍是三十年前，甚至完全是日據式的，我要告訴他我的想法，但一見到他那張嚴肅的臉，我又把話嚥回去。

然而，世事是難以預料的。不久，我接到了女友的一張帖子，她告訴我，她和當地的留學生訂婚了。我一下呆住了，竟至於手足無措起來，在傷心之餘，我竟想去東洋。

哦，警員先生，你猜得一點也不錯，就在那時我已認識了丹玉。她是很有人緣的女孩。哦，問我喜歡她嗎？哦，當然的，她很殷勤而有節制的女孩啊！但一切無非顯示我的盲亂罷了。失去女友的傷痛，想去日本的念頭困擾我。以後就做出了那種事。但有關那件事，我是不能談它的，眞的，警員先生，我想不起來，我怎麼會這樣糊塗，但這個錯實在是我應負的。

哦。你問我有沒有娶她的意思呢？

沒有！警員先生，我不想這麼早結婚，這恐怕會躭誤了很多事，我已辦出國了。未來的事實在還很難逆料，我怎能躭誤了她，也躭誤了我自己。

八、范丹玉的日記

三月十日

人生最痛苦的事，莫過於自己誤了自己。我於今才瞭解到以前的生活都是在受人愚弄擺佈中。

三月十七日

周樺又從學校回來，他邀我到花之樓來，他知道我懷孕的事，但他不敢開口，他以為會傷害我。但他斷然不知道我並不像他所想的那麼柔弱的女子啊！

四月一日

今天，母親去周姨家回來，大怒，從未見過母親發脾氣是這樣的，母親説周姨不答應這親事。

母親只是發怒，但我心破碎。

四月五日

不能怪誰！我一直提醒自己。

一想到此生或許這樣就完了，心緒惡劣，但我一直提醒自己，心緒不能惡劣。

細想這件事，還要怪母親吧。她是尖深的人，以前我並不是願意和周樺來往的，但母親説：妳儘管做，一切有母親撐着。

四月七日

以前母親說：丹玉，嫁丈夫就應當嫁周樺，他是學醫的，花城的富人家，妳嫁了他，母親就有榮耀。

但今天她說：我從沒想到他們周家是那麼自負的一個家。

四月十五日

夜底，不寧，打電話給姜。她說和男朋友鬧翻了。

我於是想到有一天，周樺問我：他在異國的女友怎麼曉得我和妳來往的事。他責怪說是我密告的。

但我的確沒有。現在我想到了，是母親的傑作。

四月二十日

一切都是不可解釋的。男人可以愛上許多人，但女人只愛一個。以前我不覺得是愛周樺。但現在彷彿覺得是愛他了。

他不願娶我，使我有一種被遺棄的感覺。

四月二十五日

如果我被遺棄了，那麼我怎麼辦？

今天，我忽然驚異的思索這個問題。

煩惱始自思索，但我不能自己。

四月三十日

周樺信，說要赴北地深造，他說他喜歡我，所以手足無措。他在想些什麼呢？

我忽然有一種感覺，我配不配嫁給他呢？

缺乏自信是一切不幸的來源！

五月二日

什麼是丈夫呢？什麼是妻子？就像我和周樺這樣嗎？

我正視這個問題，常在街路上看着抱小孩的阿嫂。

我是怎樣的一種女人？

我警告自己勿要讓懷疑、恐懼浮上來。

五月五日

春盡夏來，是多麼煩惱的天氣，有許多的花。

夜裏，天空清醒着很多星子。

我失眠，在更深的夜裏。

想着許多的事。

五月七日

一切都美麗，在花城，陽光、花朵、草木。

但我想到，若冬日，一切都要逝去。

今日，我竟想到……

五月八日

願我對周樺的愛能挽救我。

五月十日

……

……

3

以上，便是這件案子的經過。

我看畢，「啪」地將這案件給閤上了。K君恰恰將檸檬喝光，他笑着說：「怎麼樣，嗯？」

我笑着說：「是件平凡但有趣的案子。」

「嗯。」K君說：「這種案子我處理多了。它正說明舉世之中，凡人都有煩惱，他們甚至能因一點點的煩惱來自尋短見，足見人是很悲哀的，每個人都是值得憐憫的。」

K君說話時，潺潺的陽光從窗外照進來，攀過龍柏和漫天嬈冶的聖誕紅，把影子堆倒在他的臉和身上，他的臉露出哀憫的神色。我這時才發現K君無法成爲社務的實行家的原因。

「K君。」我不禁也感染到幾分的憂鬱了，我說：「實言之，我還不能給這個案件做正面的同情，要之，我以爲這只是一樁上層社會極其濫情的戀事罷了，生活在富裕環境的人從未能把婚姻當成一種神聖的事體，只把它拿來當手段，做爲攀結寅緣的工具罷了，他們的不幸是很愚蠢而可咒的。」

「哦。」K君不覺驚訝起來，他說：「這麼說，你彷彿眞的有了不可更改的人生觀了。」

「誠然。」我點點頭說。

外面春景爛漫，有一棵熱帶濱海的藤花鮮活在園子裏，它引動了我思想起南部的海濱。

「來！」我忽然也雀躍起來說：「我也說一個故事給你聽吧。也是一個關乎婚姻的故事，但是成功的，不是失敗的。」

「善！」K君說。

於是我便也要來一杯的檸檬汁，一口一口地啜飲着。

「你知道山地女人和老兵們是怎麼結合在一起的嗎？」我說。

附錄

喪葬之歌

緞綢　曾經
布衣　曾經
高冠　曾經
襤褸　曾經
食罷一場漫漫的筵席
醇酒的味道很甜
劣酒的味道很苦
那人醉了
從自己的軀體走出
去尋求最終的一次履歷

午夜
一支幢幡自鑼鼓中升起
那人仰臥成千古
鐃鈸和南北笛徹夜的爭論生死的問題
輓軸就供在黑暗的角落
花環亦然
那是說什麼也是多餘的東西
孝燈在亮
封釘在笑
（一點東方甲乙木，子孫代代居福祿）

在助產士與道士之間
在澡盒與木盒子之間
你曾是晾曬着錦旗走路的人
你曾是兜售着假牙生活的人
你曾是很狼很驢很聰穎很愚蠢

看起來很滄桑的人
而今
憑誰問
生存的意義？
向風？
向雨？
油刷總是個神秘主義者
猛地抽動了血汩汩的舌頭
滔滔的訴說着不朽
（二點南方丙丁火，子孫代代發傢伙）

一個戰士並不怎麼光榮地
從此地歸向營房
瘦得單薄的紙馬
蒼白的跳着
至於草龍正無所謂的放着煙

僅兩三煙圈便把蹣跚的天空
嗆得慘然
(三點西方庚辛金，子孫代代發黃金)

魂帛的白色曳得很長
披麻帶孝的哭聲也是
開路神的臉裝得很激憤
棺材的臉裝得很沮喪
而行列是一條百足蟲
猶自挸蕩乏力的腿
向前蠕動
說什麼也沒發生
小喇叭沿途賽着歌喉
(四點北方壬癸水，子孫代代發富貴)

你坐在像亭

你坐在魂轎
你巡視最後方的一座堡壘
放了幾隻鴿子
又坐回孝堂
你是什麼也不必擔憂
野草花鐵蒺藜
自會爲你塑像
嗨，
墓中的頭顱可還記得否？
星星，太陽，月亮
洛陽道
咸陽橋
（五點中央戊已土，子孫壽元如彭祖）
六一、九、七書於故老的葬禮後

鄉景

0

大自然謠傳的故事：
一種候鳥因北國的寒涼而遷徙
所有南方湖沼的綠湧向它們的羽翼
隔季，它們生下子女
因着葦花的飛白而回歸到故鄉

還有的是一種魚
尾鰭因繁殖而強勁

它們循着江海的血脈進入淡水
生殖而後死亡
子女再順着舊路回到海域

然而，這裏有一種新生代的動物
它們告別泥土和植物
肌膚因逃亡而蒼白
面具掛在頭顱上
暈眩、嘔吐、瘟疫
他們的子女在夭亡中成長
他們的宿命論叫文明
他們的子女都舞蹈歡唱
用着嶙峋的骷髏

1

因之

我行經楓港在車站上
看着衆多的遊客、攤販、褻衣、假牙
只能遙想着古人留傳給我們的民謠
——思想起
疲乏、勞困停在現代的建築上
人們都用鈔票來理解對方

在社區後的村落裏
結婚的紅綯冒着永恒的七星汽泡
顫抖的南管梗在喉頭
他們煮食、捧茶、敬菸、宴客
鞭炮
而後迎出新娘新郎在城裏寄回的
一張巨大的結婚照

福摩莎

妳爲我解答
如何在這個山水亮麗的地方
我們失去了一個祖先叫民風
以及
妳該如何教妳的子女再度生長

2

因之
我航向小琉球
黃昏的船首斜向波腹
漁民撒着網，額頭因陽光而黧黑
貧窮掛在骯髒的衣襟上
在渡口，我瞧見破碎的海圖
成羣的丈夫妻子歇停在吆喝的茶肆
拋棄的紙屑不潔的零食

嵌在寂寂的風景
城裏的文明人點頭搓手踱步
他們枯竭的靈魂因碼頭的腐味而興奮
他們的相機擱淺在漫地的魚屍

以及
沙灘後，廣大的住家
破陋的馬路蹲着成羣的嬰孩
他們玩着玻璃彈珠而把豬仔綁繫在
黑枯的榕樹下
所有的母親坐在竹椅上洗衣服
並且懷孕
這樣多的人口附屬在這塊土地

福摩莎
妳該如何告訴他們這裏只是一個島

苦難擁擠的小孩將如何錐立他們的雙脚
福摩莎
妳該爲我解答
在這樣貧瘠的島嶼，何以城裏的人來這裏
只爲觀光

3

因之
我行經橫貫的南部公路
傍晚，我和一羣露宿的年青人相逢
他們用漫頭的長髮來爭辯誰像國際紅星
女孩子健談、開放、大方
落日棲息在他們寬濶的肩背上
像一支輕佻的駝隊，他們都說要行過萬里沙漠
如一場戰鬥

在山路邊
旅人的眼光停在山崖焚紅的野火
山地人說
這叫做粗放耕作
那些灰燼便是唯一的
肥料

在梅山口
山地人來到一家介紹所
青年張着眼睛像犢馬
商人邀集他們下到平地去工作
他們歡呼、歌唱，爲着他們可以離開落後的
家鄉

以及
在午夜，我停當在一家無照的酒肆

山地的女子用吉他唱着歌
哀絕而自棄
赤裸來到胸臂裏
平地人都笑着，用一種淫蕩的眼光

福摩莎
妳應當如何從歷史的時光裏囘溯囘來
用着妳無私的臂，將所有的土地奉還給山胞
妳應當如何去苛責
在不合理的這個世界裏
如何有人充滿淫逸荒嬉
而有人哀愁
哭泣

4

因之

我行經濱海的村莊來到佳多的海岸
林邊溪的潮水如絲帛
所有的竹筏都漂浮在港口
剝牡蠣的婦人赤着脚如剝蝕的海礁

終於在畚塭的小村
我尋找到昏厥的兵士
他的顏面因年老而發皺
「退役了」他說：「高血壓、糖尿及腎疾。」
看着他的軀體看進去再深深地看進去
那裏面留下許多的征伐和血漬，而現在只是
腫脹和腐爛

福摩莎
妳該告訴我
他豈非你的子民

妳該如何構築千幢的廣廈
來讓他們歇息
妳該如何憐憫他們無告而困頓的
一生

0

福摩莎
我深信離開泥土的人，他須要再回到泥土
用土地的生命來革新整個城市
讓健壯的新歌來喚回沉溺的靈魂
然後
我們像候鳥和魚新生在我們的大地

太平洋戰歌

——用這首詩獻給二次大戰在太平洋或死或傷或存或亡的十八萬家鄉父老①

入夜槍彈敲擊頭蓋骨敲出腦髓敲出空洞敲出吃空無的小蛇敲出怪叢林的綠蜥蜴
一顆手榴彈在腰際跳舞跳上胸膛跳進肢體跳進心臟
入夜我們吃怪泥沼的黃鱀魚和噴火筒一起饕餮一齊吃着骨骼毛髮一齊吃着同袍的禱詞
吃完了再吃太平洋的屍毒
十個單發子彈步步依偎睡進腹腔挖開的脾肺臟十個眼睛一齊掛
在林梢又掉落在十里的海面上

入夜我們和太平洋的抽搐一齊玩笑身上的銅斑癬
再把整個大地翻過來一肢扭曲的手臂和一支呱呱叫的槍枝
讓腐爛的彈瘡開懷大笑再從笑口走出墳墓再從墳墓走出一些斷肢殘臂和你痙攣的腦袋
再把頭髮拆卸下來勒死只剩的獨龍眼
瘧疾加屍衣等於福摩莎的歌仔戲
癡呆加傷痕等於夢底故鄉紅花轎
饑餓加暈眩等於醉酒過癮清明節
死了千百次再死最後的一次我們吃太平洋的屍毒

沒有失去的就稱它是骷髏
沒有顏色的就稱它是眼睛
沒有伸出去的就稱它是舌頭
沒有活着的就稱它是靈魂

一侖汽油加火焰等於環肥的脂肪
一隻皮鞋加鋼盔等於豐富的早餐

一截樹幹加斷腿等於堅硬的信仰
死的加活的血的加黑的等於燦爛的人生
葬了千百次再從墳墓走出來還要再葬一次我們吃太平洋的屍毒

可愛的副島種臣愛發笑活潑像嬰孩
嬰孩是回不了胎盤的生命
生命是風是海是本州加四國加福摩莎加巴士海峽加婆羅洲加子宮
子宮是墳墓
入夜我們吃着副島種臣吃他的笑他的水壺他的衣釦和指甲
再發抖再吃太陽吃赤道吃成羣的黑蟻螻
而後我們再吃自己的嘴嘴中跳出綠號角號角跳出矮墳墓墳墓跳出綠
副島

一張招降書和故鄉有多少距離
一隻土撥鼠和切腹有多少妻子
一肢生殖器和槍枝有多少抽搐
一面落日旗和星旗有多少戰爭

你爭相吃着海吃叢林吃了再吃綠蜥蜴再吃黃鰹魚吃了鋼尖再吃自己
你爭相奔向枉死城吃了地獄再吃太平洋的屍毒

家書死在舊路上
刺刀死在肌理紋
鈕釦死在綠戰袍
糙米死在呼吸下
你死在我的嘴巴下
我們是跳出的一面碑落到血底的眼睛上再降到顫動的雙股旁再降到陰毛中
陰毛是長髮

一九四三年三月熊田總督的臉紅潤如夕陽
親愛的皇民們
你們的生命是天皇脚下的鐵芒鞋
你們勇敢像鋼像鐵
像一尾遊過巴士海峽的黃鰹魚巴士海峽無水

無水的魚也能戰鬥
沒有食物你就吃太平洋的屍毒
熊田告示的嘴巴冒着泡泡中跳出綠東條
入夜入夜叢林要暖和一秒中
當一枚加濃砲姦淫了整座赤裸的大海島
泥沼旁暈眩着衆多的土撥鼠濕濕復搭搭
爛臼齒加黃紙單等於殖民地的殖民稅
大和魂加武士刀等於大東亞的大繁榮
搶刼的加侵佔的等於聖戰的大烽火
你焚着自己的鬚眉玩耍從不驚惶失措

一九四三年六月福摩莎年輕的臉就這麼龜裂成圖騰的一面壁
樺山資紀大警官坐正公堂語調鏗鏘
罔市石生野鹿你不是皇民
你的驢子和牡牛壓根兒沒有天皇強壯
你不能貯糧

你不能盜米
你不能私蓄和掘墳
你的死只配走進飛鳥的啄食裏
入夜入夜整個太平洋的鰹魚在哀號
昆蟲加蟑螂從來最營養
脚趾煮心臟向來是補藥
吃夠了你便可以歇歇脚
你一向高高興興張大砲彈眼珠笑着去泥土裏腐化和睡眠

一九四三年七月夏日的墓草盛妝阿土娘子死去的顏容
沿着小山坡牛鈴也曾敲起遺落的鄉曲叮叮復噹噹
當整座福摩莎的魂轎綠得令人哀慟
畝畝的田竟也豐滿得一如阿土伯癌症的大腹部
而阿土是皇民是戰士是綠蜥蜴黃鰹魚是礎石
八個野鹿加九十九大板使你身廣體胖
五次搜糧加二十九拘留使你體態苗條②

十次烤問加無數次恫嚇使你不脾不膝
福摩莎加日本使大東亞共榮年年
我吃你的肉你再爲我流盡最後一滴血
入夜入夜整片的弧羣島嶼在蛆蟲底下爬行
你一面疲勞打盹一面切下自己的脚掌充饑
深深的睡眠後再跌入深深的睡眠

一九四四年七月一隻船能負載多少的鄉愁
十隻船負載整個大東亞的呻吟
他們由高雄出發風風雨雨③
整個巴士海峽的水潮一齊退向地平線曠無人跡
他們呼吸着整個世界飽滿的空無
木村艦長的軍刀咔咔響響聲跳出黑暇夷黑暇夷是比大和族更早的茹毛族是北海道
最空洞的神話
暈船散步行禮點頭
他一面夢着進入娘子的和服一面無意義大興奮

他想起娘子從來愛洗衆人澡從來只穿一條貞操帶
當盟軍的魚雷把整片的海面舉高成爲半個世界的復仇
木村艦長抱着整羣的鰹魚抱着娘子游向血底瀨戶內海
折斷的船纜加肢解的肉體等於爆炸的頭顱
爆炸的頭顱加失靈的羅盤等於破裂的艦旗
破裂的艦旗加楓紅的臉龐等於火海的肉刑
火海的肉刑加沉船的死等於好長好長大東亞的曳魂帛
入夜入夜他們一連遭受潛艇的襲擊
他們一連飲着太平洋的屍毒飲着死
他們是失去膘翅的黃鰹魚
他們是挖穿胸膛再被整容的綠蜥蜴
他們昏頭轉向去敲自己的頭顱迎接科技的鋼鐵食糧酒足飯飽
他們徹夜享樂着巴士海峽浩瀚的焦味因失眠而眼花撩亂
他們未死爬上小岬角錯亂地大叫菲律賓的阿里巴就是他們的富士山

一九四五年二月

沒有成爲亡故的就稱他爲英雄加冕戴冠
沒有成爲屍灰的就稱他爲聖戰捷報連連
他們走着夢着把21艘軍艦吃成13艘
他們收拾殘存的勝利來到了石油產地的打拿根④
福摩莎的阿旺最任勞
他從不抱怨因爲魚雷只使他失去一半的童年
當銜接天堂的石油井將鄉愁歸類成最深層的地底化石
阿旺因工作遺忘母親的叮嚀曾繡在他夭亡的那隻手
不疲憊的我們就說是炸彈
不停息的我們就說是戰船
千萬的軍靴聲沿着海底逐島而來
三月盟軍的孔龍獸重重踩碎打拿根整副的脊椎骨嗶嗶復喙喙
　碉堡加機槍乃是切割成段的黑海蛇
　灘頭加坦克總是腥羶四溢的藍血淚
　切腹加玉碎竟是生命始源的紅律動
你從不會相信一顆子彈會把肢體戮成千瘡百孔

當盟軍的刺刀殺死打拿根如殺死一隻無從抵抗的大海龜
阿旺就被種植成太平洋最動人的藍棕櫚
戰士們你的肚腸是風吹拉長破裂暴漲的霉氣球
戰士們你的胸腔是挖開貯水洗禮沐浴的大墳場
戰士們你的陰莖是飛入空中再墜毀地面扭曲變形的槍管
戰士們你的眼球是一縱即逝橫衝亂闖的槍彈
戰士們你們不是什麼
你們是鳥是獸是綠蜥蜴是黃鰹魚是大東亞奉公守法小礎石
你們只是死
日日軍曹反芻着武士道最營養的精神食糧
盟軍登陸他們流落各地採薇而食
日落西斜他們方才奔出叢林舉起枯萎的一隻手顫巍巍地指着
好大好紅的夕照：
那可不是我們的旌旗？
一九四五年十一月打拿根的叢林逃亡的脚⑤

整批的臉是殉道者的臉
獵狗的觸鬚盲亂了武士的鎭靜
宮本的額頭跳出一隻綠蝴蝶蝴蝶終是無從長命的小昆蟲要走今夜的月將是最後投奔的
燈火
他想起故鄉想起了娘
他想起求生想起了伊
他想起只要泅過這個小岬角整個婆羅洲那邊夠他去逍遙
他抱起了木筏抱起了娘
他想起海岬想起了鄉
故鄉在夢中
伊在水花鏡月中
他仍在海岬中
海岬是子宮
子宮是墳墓
入夜入夜整座漲潮的海面泅滿了黃鰹魚
他們的嘴角吃完了自己再吃海水

整批的臉一式化成月色屍白的臉
六月打拿根的叢林饑渴的手
所有的綠蜥蜴都在遊蕩
幾隻蟻螻合該充當幾頓飯
一顆海螺會有幾分的營養
樹皮嚼成牛肉干
人肉吃成口香糖
入夜入夜枯籐覆蓋了綠蜥蜴勝過天堂大毛氈
氣溫廻昇毛髮澎湃
他們是偶然雕成的一塊靶血潮激湧

一九四六年七月

凡是掃蕩槍西楚之仁下的就讓他變成土撥鼠
凡是綠水蛭好生之德下的就讓他變成嬉皮士
凡是爛禿鷹惺惺相惜下的就讓他變成跛脚猿
他們一連修築了好多茅屋 一連蓋好茅草 一連全被燒光只好穴居野地

他們一面編織麻衣一面打製草鞋一面半途逃亡一面赤身裸體只好披頭散髮
他們不忘指天望月不忘剋記歸期不忘命在旦夕不忘肉體
靈魂的雙重負荷只好疲憊成彎腰駝背
他們果然是鳥是獸他們餐風飲露茹毛飲血
他們一連十幾天的饑餓一連十幾天的蹎踣終於倒在自己洶湧的骨瘦如柴
他們被送到槍管下又送到刑訊處又送到婆羅洲再送回打拿根最後送入集中營⑥
凡是屬於日本的便應該手鐐脚梏天皇已然失落
凡是屬於人類的便應該拳打脚踢和平從未來到
凡是屬於聖靈的便應該罪上加罪上帝早就死亡
你是麋鹿你是物件你是我欲撥還羞欲拉就斷的吉他弦
你仍然非山非水非脂非油
你是道道地地的小戰俘

一九四七年四月俘虜營澳洲軍餵狗的羊肉羹比什麼都芳香石油從來不漲價
他們喊聲嚇嚇面色泛紅從無營養不良
他們的軍資堆砌如山越過鐵絲網迤邐到大海灘終將海潮

壓沉用不盡的美金只好用火將它燒掉
整個大東亞的悲哀啊
精神能佔戰勝物質是何等不切實際的一元教條
鐵絲網內福摩莎

用唯一的一隻手喝采鼓掌
用僅存的一隻眼傳情脈脈
用僅剩的一集耳聲聞隆隆
當他們看罷了盟軍熱絡的肚皮舞飲了機用酒滾進破被單
大談回家鄉通宵達旦方才憶起一隻腿遺失在千里萬里荒煙的道路上
於是阿財猛然地大喊他指着十排肋骨的胸膛
四月廿九日他內底藏爛了一枚盟軍配給的子彈
他奄奄一息他生冷痲痺
他被移植在十二面尖十二面光的鋼刀上
白口罩加幢幡他是整個太平洋最黯淡的一顆星
痲醉劑加封釘他是南太平洋最空無的火葬場
手術臺加鐃鈸他是回不去的綠蜥蜴

葡萄糖加像亭他是走不完水路的黃鱓魚
當整座大東亞俯身將他的遺體抱起
一生中這次他終於不再是皇民
整個人類的愚妄呵
你錯亂地奔逃只為客死在他鄉的俘虜營

山本山田大濱大島
你應該芒歛徒手操歇息空手道
你應該規諫天皇
太平洋從不會有帝王眼中的紫老虎金麒麟
這裏到處是死亡和遺棄只有綠蜥蜴只有黃鱓魚
特攻隊加挺身兵從來只活一縷煙
共榮圈加同化論從來只是壞信仰
你應該棒喝綠東條
縱使他把整片的大東亞歸化成一具屍體命運的烈日依舊會西沉而去
湯姆比勃亨利

你應該看住軍用狗放下轟炸機擲掉燃燒器
你應該勸誡羅將軍不管巴拿馬撤出菲律賓回到大西部回到十三州回到五月花回到大宣言
原子彈加航空器只是黑天堂憂憂的唯我獨尊
玫瑰花加塑膠套只是錢幣叮噹的熔爐主義
你應該走進聖經去懺悔去把愛森豪冷酷的額頭釘成受難的基督
那時不再有戰爭
我們將用手臂把太平洋圈成臂膀裏頭的小海灣黑紅白黃
讓貧窮的漁民燃亮一枚芥子燈然後世界就有楓江夜泊就有
小小豐富的睡眠
那時不再有殺伐
我們將用溫暖在印度洋邊太平洋岸蓋築廣厦幢幢
讓辛勤的農人揩汗飲茶讓無家的遊棍住飽
從此不再有聖賢盜賊不再有貴賤貧愚
愛鄉人愛自己

註① 一九四一太平洋戰爭爆發，日本帝國主義將臺灣全島要塞化，成爲「南進基地」。
臺胞被送往戰場共十八萬。計軍人八萬，軍伕十萬。死者近十萬。

註②日據時代「匪徒刑罰令」戒律森嚴，動輒被捕，民間留傳有「拘留二九天」的諺語。

註③被徵往南洋的部隊部份用船，經由巴士海峽南下。

註④打拿根是婆羅洲旁邊的小海島，石油勘測隊曾駐紮在這裏，是日本海軍一〇一燃料廠打拿根支廠所在地。

註⑤日本的勢力被逐出東印度羣島後，部隊多遁入叢林敢兵逃亡。因澳洲軍在打拿根佈下搜索火力網，多人想越海峽逃入廣大的婆羅洲本島，據云傷亡不少。

註⑥打拿根設有戰俘集中營。一九四七年六月，臺籍俘虜經過爪哇巴里島、菲律賓摩魯泰，一路遣回臺灣，在基隆登陸。去打拿根時臺日軍隊共一千多人，回時只剩二百餘人。

——一九七六、一、三十於鹿港實習教學中

後記：成稿時聞知日本軍郵局尚無積極歸還所欠軍郵之意（詳見中華特刊）於此代爲呼籲。

市場風景

——危機鹿城之一

太陽自灰蒙的東邊把糾纏的魔髮披散下來使城市所有的物靈一齊酥醒。這時我自午夜廣埸的噩夢中拖着精疲力盡的軀殼來到市場用歇斯底里和顫慄與先知們站在一起。赤裸着陰莖的瘋男與遺棄的果物和零亂的破爛癱瘓在廣場的邊緣。

無人能挽救的這個逐漸崩解的城市張着過敏的神經讓豆腐女人的尖叫去刺戮。更爲濁重的寧靜在每個角落喧嘩。整個古老的世界陷進深沉的陰間。詭吊的瘋男和他的蓬頭垢面抽搐痙攣。

神靈的兒童。偉大的天使。他糾結的頭髮是八十年前城陷時逢起的白煙自家國的譜系中飄起他流落在這裏。

而他的命運與城市息息相關。噍吧哖他才五歲就摯起鯊劍一向在夢中殺戮妖魔。他堅信靠着一張神符可以登上十萬大千的天堂。

有一隻血紅眼珠的狗就走進屋廓的陰影以及成羣的蠅蚋自夢中來到他腐爛的脚脛用力吸吮最後一絲神靈的氣息。以及他不可能再心浮氣躁。一支竹棹枕在他脊骨下悠揚開着三朶紙黃花。

太陽耀眼的光芒越過城市的宮牆攀上樓閣一隻盲睛的金鳳凰再降到飲食的小攤。我癡滯的腦袋和萎縮的乞婦一齊飄蕩着饑餓的沉思。

轆轆的貨車碾着涼涼的悲哀碾過空洞的肚腹碾過市場自毀的臉停下來並且裝卸果蔬。所有的魚羣都在海濱用死亡登陸再佔領廣濶的市井以及乞婦把雙乳裸出讓小孩把它吻成破綢的皮囊。

污穢的瀝青。骯髒的膠囊。害病的草料。她是大地的搖籃。十四歲便在墊高的椅子上望見神的殿堂以及從低度開發再到國際開發終於回到最初的城市終於證明一切都是經濟循環。

鷄販尚未刮鬍的臉蓋住一半的天堂使畜生陷落刀山油鍋。粗嘎的海人都來到血盆的嘴邊用一夜的羶羶來美化單調的城市。

以及屠戮就在經堂肥肉的那邊。透過四百年的天機透過一百個神底的面門來臨於此以及這裏的題詞猶勝於那裏的題詞：血歸血肉歸肉塵歸塵土歸土以及銀幣歸銀幣。原始的血液。道學的仇敵。她的衣衫向着浪子捐棄。她的身體遍佈城市淪落的痕跡。太陽有時也會失去光芒。黑雲來到城市的頭頂加冕戴冠。我的僵直肢體交流整個淸晨的畏葸。夢幻展開在那邊的草藥車。

細長的麻竹搭就一個個天蓬用白色整容城市的臉孔。所有的商販開始把早餐裝進他們的胃腸坐在售賣的秤上。

噹噹作響一隻猴子使城市半身不遂。它趺坐在一個四尺醫童的葫蘆頭以及哨吶要讓所有的神靈高蹈。草藥要讓盲者復明死者甦生除開醫童自己的宿命畸型。

機車叭叭地嘶裂早市的胸膛。工人拼鬥的刀叉俱俱運到。

整個治於人的四百張扁額自歷史拆卸下來掛在這個市場上要發光一秒鐘。

提着豆漿的小孩一隻眼睛掉在右手的油條上。另一隻則陷進昨夜更深的睡夢。而葫蘆頭他是世間僅存的國寶是草藥一帖是纏布一條是自小就睡在裏頭長大的樊籠。

偉大的人種。喀斯德的造型。他是草莽崛起的藝術英豪自陷落的城牆奔出通過凱旋的民族館。他是高貴的文物。

太陽跳出雲推跳上搖曳的焦枯天線跳進行屍的玻璃棺市場滿是丈夫滿是妻子。我的行脚在汚泥溝打住。疲乏的靈魂和選民一齊憂愁地凝視。

所有布爾喬亞女人用額黃瑣鍊棻藍來構築賢淑的人生以及盈盈的笑意自旗袍的開叉滑出
透過廟宇高聳的成住壞空一齊召喚回昔日輾轉床第的城市光榮。
整座市場響亮起呱呱饔饔以及錢幣叮噹以及那個選民用霉爛的雙手去撕殺褲襠。
却却婆羅尼的素食姑和一羣老婦適時趕至她們用唸珠來感應麵鷄沒有一絲的殺氣以及微
笑使天秤靈山開花。
冒着大股煙硝的機踏車碰到一批水菓。商人的牙齒尖銳刺向空中。凶殘的繩索綁向整批
整批的舌頭。
以及這一切都像浪潮。市場的漲落本來就是。大地的輪廻也是。而這選民也是。他的血
漲在蛆蟲的口中梅毒則落在不朽的頭顱。
太陽不再攀爬過什麼。他終於君臨在炊煙的頂尖。亮麗的景緻要凝聚在小巷牆頭夢般的
銀杏上。我飄浮的器官糾纏着整座城市的穢氣以及我顫動的心臟不曉得該向那個方位去
歇息。
一組白色的隊伍自艷陽天冉冉昇起。

——一九七六、三、十六、鹿城

危機鹿城詩

——以這首詩來繫念抗日詩人周定山

我終於從東海花園携帶一束的劍蘭花以及大理菊來到你的蘆屋坐在整座廢墟黯藍的陰影下憂鬱。

整個天空罩滿膠狀的紅晚霞。沒有翅的天使紛紛飛臨這個死亡的城市變成挑燈的紙人將你的遺體迎向浩浩的北風以及吸向天堂。

一塊塊石造的門庭地板印滿你憂時憂國的足跡像墓碑。

斑剝的舊門扉褪色了金戰神。他是你昔日三山五海滿腔憤懣浪人的姿態。是你横越關東南洋的叛逆丰采一切都在這頹敗的海濱蘆屋裏淡去。

不會再有人去翻尋的破書櫥張着幾道瞎目的窗。它不會再展示你控訴的文字以及它像一具夭亡的屍體暴露在狂風狂雨的舊街巷任萬千的白丁執着幢幡去撲打。

蝙蝠狂顛的舞姿暴漲拉長是橫行俯沖的巨靈。晚間他們飛臨在蓬頭垢髮的城市頂頭去築巢。吃去整個智慧的生機以及在更鼓中你顫顫的死訊交感在他們隱形的音波間。

深巷狗吠。它的不定質長舌探向毛茸茸的荒場。在抖動的魂夢頌詞裏用細細的凸起去舐噬橫陳的女體以及把你的死亡全部歸類成宇宙淫靡腐爛的一部份。

以及蛇鰻的濕液淩淫在歇斯底里的城市掩沒城廓胸膛。它的腐蝕力是十盆發瘋的硝酸。在漸消蝕的咄咄聲中你滿腹的經綸都溶化爛去。

遙想第一次在你的蘆屋。你剛吃過晚飯坐着和整個城市一齊歇息。我以及朋友郭沖石就躲在一片時代的喧囂裏空洞而心力交瘁。一切不可錄音錄影的戰亂三十個和枯骨七十支齊齊降臨於此。我們裝着高興以及看破紅塵。

那時你正在端詳螢幕機。你的眼睛和我們的眼睛沉向昔日刺殺的上海在臺北大都會的天空浮升上來。邀越的目光閃閃爍爍。

而後你剝着親戚帶來的水菓像你的頭顱以及我們的頭顱。一只掛在東亞的殺人刀。一只送進福摩莎五十架的壓搾機。一只滾到不安焦慮的海上。沒有一只是完好如初。

那時你正正搜尋一則國際的報導。你的手臂和我們的手臂伸過隆隆的島弧浩刼通過太平洋上千噸爆炸的鋼通過蔓延孳長的冷戰熱戰一齊被塑成三種姿態。一支是扭曲槍管。一支是細尖指標。一支是小兒痳痺。

第二次你用一盤煎魚一道醬菜一碗稀飯做早餚。你的嘴唇是一朵急速萎去的鬱金花。臉龐黯成腐化的香豌豆。無可救藥的你的生命通向七十九個不吉利七十九個季換星移七十九個城市的萎靡。死亡已是天數。

砂磧蒙蔽神案前聖賢明亮的圖像。物魅來到藥壺前。一切都理該化成市的族人。那時你的肝臟已經硬化。

一床皺皺的棉被蹲伏在城市的不能成眠傭懶地盤據你生命的晚年。你只是廻光返照。你說一切都不要緊一面笑喝喝摸出素女經來證明身強力健。

第三次便沒有人見到你。無法自省的這個錯亂的城市終於糾結四百個線裝的弟子以及五十個武士將你的舌頭斬除。以及你的肉體埋入了新春節慶的穢汚一齊絆攪着哭聲和笑聲將整個城市渾渾夢夢送上山頭。

這是漫漫的長路有誰會記得魂轎裏坐着整個大東亞的悲哀以及棺頭蹲伏着一襲民族的靈魂以及在黝黑的黃泉路上有那個紅判官會用筆尖去捕捉一生你七十九個奮鬥犧牲。

——六五、三、一六、鹿城

註：周氏鹿港人。民國前十四年前後生，青年期因抗日離臺，浪跡上海多年，日據時期以小說敢文爲臺灣新文學的重要作家，筆名一吼。光復後回到故鄉不復寫作，以舊

詩詞自娛。墨寶見於鹿港民俗文物館。民國六十五年農曆正月初一逝世，享年七十九。周氏爲人狷介不屈，特立獨行。一生的浪雲往事多不願提及，遺作佚失，甚難找尋，盼有心人能廣爲收羅，將周氏一生憂時憂國之作公諸於世，爲臺灣保存點滴的筆墨遺產。

滄海叢刊已刊行書目（四）

書名	作者	類別
清真詞研究	王支洪	中國文學
宋儒風範	董金裕	中國文學
紅樓夢的文學價值	羅盤	中國文學
中國文學鑑賞舉隅	黃慶萱 許家鸞	中國文學
浮士德研究	李辰冬譯	西洋文學
蘇忍尼辛選集	劉安雲譯	西洋文學
文學欣賞的靈魂	劉述先	西洋文學
音樂人生	黃友棣	音樂
音樂與我	趙琴	音樂
爐邊閒話	李抱忱	音樂
琴臺碎語	黃友棣	音樂
音樂隨筆	趙琴	音樂
樂林蓽露	黃友棣	音樂
樂谷鳴泉	黃友棣	音樂
水彩技巧與創作	劉其偉	美術
繪畫隨筆	陳景容	美術
都市計劃概論	王紀鯤	建築
建築設計方法	陳政雄	建築
建築基本畫	陳榮美 楊麗黛	建築
中國的建築藝術	張紹載	建築
現代工藝概論	張長傑	雕刻
藤竹工	張長傑	雕刻
戲劇藝術之發展及其原理	趙如琳	戲劇
戲劇編寫法	方寸	戲劇

滄海叢刊已刊行書目(三)

書名	作者	類別
寫作是藝術	張秀亞	文學
孟武自選文集	薩孟武	文學
歷史圈外	朱桂	文學
小說創作論	羅盤	文學
往日旋律	幼柏	文學
現實的探索	陳銘磻編	文學
金排附	鍾延豪	文學
放鷹	吳錦發	文學
黃巢殺人八百萬	宋澤萊	文學
燈下燈	蕭蕭	文學
陽關千唱	陳煌	文學
種籽	向陽	文學
泥土的香味	彭瑞金	文學
無緣廟	陳艷秋	文學
鄉事	林清玄	文學
韓非子析論	謝雲飛	中國文學
陶淵明評論	李辰冬	中國文學
文學新論	李辰冬	中國文學
離騷九歌九章淺釋	繆天華	中國文學
累廬聲氣集	姜超嶽	中國文學
苕華詞與人間詞話述評	王宗樂	中國文學
杜甫作品繫年	李辰冬	中國文學
元曲六大家	應裕康 王忠林	中國文學
林下生涯	姜超嶽	中國文學
詩經研讀指導	裴普賢	中國文學
莊子及其文學	黃錦鋐	中國文學

滄海叢刊已刊行書目（二）

書名	作者	類別
世界局勢與中國文化	錢穆	社會
國家論	薩孟武譯	社會
紅樓夢與中國舊家庭	薩孟武	社會
財經文存	王作榮	經濟
財經時論	楊道淮	經濟
中國歷代政治得失	錢穆	政治
憲法論集	林紀東	法律
黃帝	錢穆	歷史
歷史與人物	吳相湘	歷史
歷史與文化論叢	錢穆	歷史
中國歷史精神	錢穆	史學
中國文字學	潘重規	語言
中國聲韻學	潘重規、陳紹棠	語言
文學與音律	謝雲飛	語言
還鄉夢的幻滅	賴景瑚	文學
葫蘆・再見	鄭明娳	文學
大地之歌	大地詩社	文學
青春	葉蟬貞	文學
比較文學的墾拓在臺灣	古添洪、陳慧樺	文學
從比較神話到文學	古添洪、陳慧樺	文學
牧場的情思	張媛媛	文學
萍踪憶語	賴景瑚	文學
讀書與生活	琦君	文學
中西文學關係研究	王潤華	文學
文開隨筆	糜文開	文學
知識之劍	陳鼎環	文學
野草詞	韋瀚章	文學
現代散文欣賞	鄭明娳	文學
藍天白雲集	梁容若	文學

滄海叢刊已刊行書目（一）

書名	作者	類別
中國學術思想史論叢（一）（二）（三）（四）（五）（六）（七）（八）	錢穆	國學
兩漢經學今古文平議	錢穆	國學
中西兩百位哲學家	鄔昆如 黎建球	哲學
比較哲學與文化	吳森	哲學
比較哲學與文化（二）	吳森	哲學
文化哲學講錄（一）	鄔昆如	哲學
哲學淺論	張康譯	哲學
哲學十大問題	鄔昆如	哲學
孔學漫談	余家菊	中國哲學
中庸誠的哲學	吳怡	中國哲學
哲學演講錄	吳怡	中國哲學
墨家的哲學方法	鐘友聯	中國哲學
韓非子哲學	王邦雄	中國哲學
墨家哲學	蔡仁厚	中國哲學
希臘哲學趣談	鄔昆如	西洋哲學
中世哲學趣談	鄔昆如	西洋哲學
近代哲學趣談	鄔昆如	西洋哲學
現代哲學趣談	鄔昆如	西洋哲學
佛學研究	周中一	佛學
佛學論著	周中一	佛學
禪話	周中一	佛學
公案禪語	吳怡	佛學
不疑不懼	王洪鈞	教育
文化與教育	錢穆	教育
教育叢談	上官業佑	教育
印度文化十八篇	糜文開	社會
清代科舉	劉兆璸	社會